Kriminalromane und -stories

KÖNIG

»Im Laufe meines Lebens habe ich weit über sechzig Fälle aufgezeichnet, die Zeugnis ablegen von den außergewöhnlichen Gaben und Fähigkeiten meines Freundes Sherlock Holmes, des besten und klügsten Menschen, der je auf diesem Stern gelebt hat. Wir teilten jedoch auch andere Abenteuer, die ich, aus Gründen der Diskretion, der Öffentlichkeit zunächst vorenthielt. Sie sind delikaten, ja zum Teil skandalösen Charakters.«

Dr. Watson

Michael und Mollie Hardwick

Das Privatleben des Sherlock Holmes

Kriminalroman

König Verlag
Buch und Taschenbuch GmbH
München

Herausgegeben von Hans Gamber

Deutsche Erstveröffentlichung
Ungekürzte Ausgabe
Oktober 1973

Umschlaggestaltung: Rudolf Huber-Wilkoff, München
Titel der englischen Originalausgabe:
The Private Life of Sherlock Holmes
Deutsch von Klaus E. R. von Schwarze

Gesamtherstellung: Friedrich Pustet, Regensburg
ISBN 3-8082-0097-9

ERSTES KAPITEL

Der Mann aus Kanada

Der Bankportier sah der Kundin, für die er soeben schwungvoll, wenn auch nicht zu devot die wuchtige, in Bronze gefaßte Glastüre geöffnet hatte, mit einem grimmigen Lächeln nach, während sie Piccadilly zueilte und im Gewühl der Menschen und Fahrzeuge verschwand. Der von Hyde Park Corner hereindringende Verkehrslärm schien in einem chaotischen und in Phonzahlen kaum mehr meßbaren Tohuwabohu die Stunde des Weltunterganges vorwegnehmen zu wollen – und wurde lediglich noch übertroffen von dem apokalyptischen Dröhnen eines Jumbo-Jets, der, einem dringenden Menschheitsbedürfnis abhelfend, über Heathrow zur Landung ansetzte.
Mit an Sicherheit grenzender Wahrscheinlichkeit, so überlegte der Bankportier, werden die Menschen eines Tages in diesem lärmenden und stinkenden Gewühl ersticken und umkommen. Die Straßen werden rettungslos verstopft sein, weder ein Vor noch ein Zurück wird es geben, fluchtartig werden die Menschen ihre Fahrzeuge mitten auf der Kreuzung verlassen, die Verkehrspolizei wird gezwungenermaßen kapitulieren, in der mit Abgasen geschwängerten Luft werden die Düsenriesen kollidieren und herunterstürzen auf die verpesteten Städte und . . .
Und beinahe hätte der Bankportier den jungen Mann übersehen, der ihm lächelnd seine Visitenkarte reichte.
»Sir?«
»Würden Sie mich bitte dem Direktor melden!«
»Der Sekretärin des Herrn Direktor! Sehr wohl, Sir – bitte hier entlang!«
Gravitätisch schritt er dem jungen Mann voraus. Am äußeren Ende der Schalterreihe preßte er seinen Finger gebieterisch auf einen Klingelknopf und zauberte damit eine Dame mittleren Al-

ters hervor, die ihm die Visitenkarte abnahm und sie neugierig durch ihre Brille beäugte.
»Dieser Herr wünscht den Herrn Direktor zu sprechen«, meldete der Bankportier, beschied sodann den jungen Mann mit einem knappen Kopfnicken und verschwand.
Die Frau unterzog nun den jungen Mann einer eingehenden Prüfung.
»Haben Sie ein Konto bei uns?«
Der junge Mann schüttelte den Kopf. »Nein, ich habe nicht das Vergnügen.«
»Und Sie wünschen trotzdem den Herrn Direktor zu sprechen?«
»Sie sagen es – Mr. Havelock-Smith.«
»Den geschäftsführenden Direktor? Ich bedauere, mich keines vorgemerkten Termins entsinnen zu können!«
»Es wurde auch kein Termin ausgemacht. Ich erhielt lediglich ein Schreiben von Mr. Havelock-Smith, in dem er mich bat, gelegentlich meiner nächsten Reise nach England ihm einen Besuch abzustatten . . .«
Kopfschüttelnd und irgend etwas Unverständliches murmelnd verschwand die Sekretärin mit der Visitenkarte hinter einer großen, holzgetäfelten Türe und überließ den jungen Mann sich selbst.
Die Räumlichkeiten des geschäftsführenden Direktors – kein Angestellter der Bank hätte sich jemals dazu verstiegen, von seinem »Büro« zu sprechen – waren des Duke of Wellington wahrhaft würdig, für den das Haus einst gebaut worden war, in dem sich heute die Bank befand. Die Wände waren mit Eiche getäfelt, und der wundervolle alte Kamin erinnerte an längst vergangene Zeiten. Ein ausladender Ledersessel hinter dem großen Schreibtisch und die dunklen Regale voller Bücher verliehen dem Raum die Atmosphäre einer Bibliothek. Hier drinnen war kein Laut zu vernehmen vom lärmenden Getöse des London der 70er Jahre.
Mr. Havelock-Smith schickte sich soeben an, mit einem wohlplacierten Schlag das elfte Grün des Royal Sandwich Golf-Clubs zu meistern – in Gedanken, versteht sich –, als Miss Hoppers

Eintreten ihn in die rauhe Wirklichkeit von Hyde Park Corner zurückrief. Seit etwa einer Stunde war er, tief in seine Träumereien versunken, im Raum auf und ab gegangen – solcherart Mr. Cassidy von der Rechtsabteilung den Eindruck angespannter Konzentration vermittelnd. Er hatte die Siebzig erreicht und seiner Ansicht nach alles Hörenswerte vernommen. Und hätte er in seinem Sessel sitzend den Ausführungen Mr. Cassidys über die Konditionen gelauscht, zu denen die Bank bereit war, einer Aktiengesellschaft für das Jahr 1971 einen Kredit in Höhe von einer Million Pfund einzuräumen, er wäre unweigerlich eingeschlummert. Das Eintreten von Miss Hopper empfand er daher in jeder Hinsicht als wohltuend.

»Ein Herr wünscht Sie zu sprechen, Sir.«

Obwohl er sich des vorwurfsvollen Blicks seines Mitarbeiters bewußt war, der die Unterbrechung seiner kreditpolitischen Ausführungen mit leichtem Kopfschütteln mißbilligte, nahm Mr. Havelock-Smith die von Miss Hopper überreichte Visitenkarte zur Hand.

Ein Blick auf diese Karte genügte, um aus dem greisen Bankdirektor einen Menschen zu machen, der plötzlich sein Alter völlig vergessen zu haben schien, mit jungenhaftem Lächeln die Tür aufriß und in die Schalterhalle hineinrief:

»Ich freue mich, daß Sie endlich gekommen sind! Treten Sie bitte näher!«

Der junge Mann betrat mit dem wohlformulierten Ausdruck des Bedauerns, Mr. Havelock-Smith während der Dienststunden zu stören, das Allerheiligste des Bankdirektors.

»Aber Sie stören durchaus nicht!« rief Mr. Havelock-Smith aus und bedeutete seiner Sekretärin mit einem Kopfnicken, daß sie entlassen sei. Dann nahm er den jungen Mann freundschaftlich beim Arm und führte ihn hinüber zum Fenster, wo Mr. Cassidy stand.

»Dies ist Mr. Cassidy von unserer Rechtsabteilung. Cassidy, vor Ihnen steht Dr. Watson!«

»Dr. Watson? Ich glaube nicht, daß ich schon das Vergnügen hatte!«

»Dr. Watson ist der Enkel *des* Dr. Watson!«

»Freue mich, Sie kennenzulernen, Mr. Cassidy!« lächelte der junge Mann und reichte dem Vertreter der Rechtsabteilung seine Hand, die dieser mit offensichtlicher Unsicherheit schüttelte.
»Aber Sie wissen doch, *Holmes* und Watson, Baker Street«, brummte Havelock-Smith ungeduldig.
Jetzt endlich schien bei seinem Mitarbeiter der Groschen zu fallen, wenn ihn auch diese neue Erkenntnis nicht sonderlich zu interessieren schien. Dr. Watson fischte währenddessen aus seiner Reisetasche ein verknittertes Schreiben, das er dem Direktor in die Hand drückte.
»Ich habe unlängst diesen Brief von Ihnen erhalten. Sie teilen mir darin etwas mit über eine Blechkassette, die – wenn ich recht verstehe – wohl meinem Großvater gehört haben soll . . .«
»Ich bin glücklich, daß Sie meiner Bitte so schnell Folge geleistet haben, Dr. Watson. Es stimmt, diese Kassette wurde uns seinerzeit zur Aufbewahrung in unserem Tresorgewölbe anvertraut mit der Auflage, sie den Erben nicht vor Ablauf von fünfzig Jahren nach dem Tode unseres Kunden auszuhändigen. Aus unseren Büchern geht hervor, daß diese Frist nunmehr verstrichen ist und Sie als nächster noch lebender Verwandter infolgedessen das Recht haben, besagte Kassette zu öffnen.«
»Ich bin wahnsinnig gespannt, was der alte Junge so vorsichtig die ganzen Jahre versteckt gehalten hat.«
»Um die Wahrheit zu sagen«, Mr. Havelock-Smith rieb sich die Hände, »auch ich konnte meine Neugier bis zum heutigen Tage kaum zügeln. Ist es Ihre Absicht, die Kassette hier zu öffnen?«
»Das hatte ich eigentlich vor«, schmunzelte der junge Mann.
»Ausgezeichnet, ganz ausgezeichnet! Würden Sie – ich meine – hätten Sie was dagegen, wenn ich . . .?«
»Ich möchte Sie auf keinen Fall enttäuschen«, lachte der junge Mann.
Mr. Havelock-Smith geriet vor Freude fast aus dem Häuschen.
»Veranlassen Sie doch bitte«, wandte er sich aufgeregt an Mr. Cassidy, »daß die bewußte Kassette unverzüglich aus unserem Tresorgewölbe heraufgebracht wird!«
Mit indigniertem Kopfschütteln entfernte sich der Vertreter der

Rechtsabteilung, während Direktor Havelock-Smith und sein Gast in weichen Ledersesseln Platz nahmen.

»Sie leben in Kanada, Dr. Watson?«

»Ja. Ich bin Tierarzt in Saskatchewan – wenn Sie so wollen, bin ich also in etwa in die Fußstapfen meines Großvaters getreten. Zur Zeit halte ich mich in London auf, weil ich an einem Kongreß über die Maul- und Klauenseuche teilnehme. Und ich wollte die Gelegenheit nutzen, Ihrer Bitte um einen Besuch nachzukommen.«

»Ausgezeichnet! Sherry gefällig?« fragte Mr. Havelock-Smith und schenkte, als sein Gast bejahend nickte, zwei Kristallgläser voll aus einer antiken Karaffe, die einen Rückschluß auf die exquisite Qualität des Sherrys erlaubte.

»Sie müssen stolz sein, Dr. Watson, einen so berühmten Namen führen zu dürfen!«

»Ehrlich gesagt, ich habe mir schon oft überlegt«, lachte der junge Mann, »ob ich meinen Namen nicht in Jones oder Brown abändern lassen soll!«

»*Was* sagen Sie da?« Mr. Havelock-Smith ließ vor Verblüffung beinahe die Karaffe zu Boden fallen.

»Sie haben mich ganz richtig verstanden. Wenn man mit dem Namen Watson rumläuft – mein Lieber, Sie können sich ja gar nicht vorstellen, auf was für Ideen die Leute da manchmal kommen. Dagegen würde niemand auf die Idee kommen, solchen Blödsinn zu sagen wie ›elementary, mein lieber Jones‹ oder ›sehr elementar, mein lieber Brown, dies versteht sich doch von selbst!‹«

Mühsam gewann der Bankdirektor die Fassung wieder. »Kann mitunter recht lästig sein, ich verstehe. Doch für mich ist es reinste Poesie.«

Er schloß verzückt die Augen und nippte an seinem Sherry. »Der flackernde Lichtschein des Streichholzes«, deklamierte er, »fiel auf die schaurige Blutlache, die sich rings um den zerschmetterten Schädel des Opfers gebildet hatte. Wir standen erschüttert vor der Leiche des Sir Henry Baskerville!«

Er schlug wieder die Augen auf und registrierte, wie sein Gast ihn verwundert anstarrte.

»Wie bitte?«
»Aber ich bitte Sie, Dr. Watson! *Der Hund von Baskerville,* das unvergeßliche Kapitel ›Tod im Moor‹!«
»Was Sie nicht sagen!«
»O ja«, fuhr der Bankdirektor begeistert fort, »eines seiner berühmtesten Werke! Vielleicht interessiert es Sie zu erfahren, daß ich Vorstandsmitglied der Londoner Sherlock Holmes Society bin. Unsere Zusammenkünfte finden mehrmals im Jahre statt, und auf ihnen werden Lesungen aus dem geheiligten Schrifttum abgehalten!«
»Was Sie nicht sagen! Heute noch?«
»Intensiver denn je! Die Anträge auf Mitgliedschaft häufen sich, vor allem unter jungen Menschen. Ich gehe sicherlich nicht fehl in der Annahme, daß wir darin eine Art Protest sehen dürfen gegen jenen Geheimdienst-Burschen, dessen Namen mir entfallen ist. Ich glaube, mich zu entsinnen, daß er sehr viel Aufhebens von seiner nackten, behaarten Brust macht!«
»Sie meinen 007, Sir. James Bond!«
»Ja, das war wohl sein Name. Nicht gerade das, was ich mir unter einem Gentleman vorstelle.«
»Auf dem Flug nach London wurde *Goldfinger* gezeigt. Ich habe mich bei dem Film köstlich amüsiert.«
»Ich kann Ihnen da nicht ganz folgen«, bemerkte Mr. Havelock-Smith leicht verwirrt. »Hier handelt es sich doch um reinsten Schmutz und Schund. Primitivste Befriedigung der Sensationsgier. Ohne Charme und Witz. Nackte Brutalität – und nicht minder nackte Busen! Feuerwaffen und Fleisch! Sportwagen mit Flammenwerfern und Höllenmaschinen in Aktenköfferchen! SMERSH – und das alles im Dienste Ihrer Majestät der Königin! Nein – für mich bitte eine düstere Nebelnacht, eine Mietdroschke, das Klappern der Pferdehufe in der Baker Street – und dann verzweiflungsvolles Klopfen an der Türe mit der Hausnummer 221 B ...«
Es klopfte. Gefolgt von zwei Bankangestellten erschien Mr. Cassidy mit einer altehrwürdigen Blechkassette. Sie war von einer dicken Schnur umgeben, deren Knoten mit einem wuchtigen roten Siegel jeden unerlaubten Zugriff abwehrte. Während

Mr. Cassidy die Kassette auf dem Schreibtisch abstellte, entfernten sich die beiden Bankangestellten wieder lautlos, und Mr. Havelock-Smith trat mit einer Mischung aus Neugier und Ehrfurcht näher. Auch Dr. Watson stand auf und prüfte interessiert die versiegelte Schnur, an der ein kleiner Schlüssel hing.
»Sieht nicht weltbewegend aus«, äußerte sich Mr. Cassidy abfällig.
Der Bankdirektor bedachte seinen Mitarbeiter mit einem niederschmetternden Blick.
»Haben Sie wirklich nichts dagegen«, wandte sich Dr. Watson an den Bankdirektor, »wenn ich diese komische Schachtel hier öffne?«
»Aber ganz im Gegenteil«, rief Mr. Havelock-Smith, »warum glauben Sie eigentlich, daß ich in meinem siebzigsten Lebensjahr, weit nach Erreichen des Pensionsalters, immer noch hinter meinem Schreibtisch sitze? Doch nur in der Hoffnung, daß mir das Schicksal diesen Augenblick nicht vorenthalten möge!«
»Also dann – auf damit!«
Mit kräftigem Ruck erbrach Dr. Watson das Siegel und öffnete mit dem Schlüssel das Schloß.
»Vorsichtig, Dr. Watson, ich bitte Sie!« flüsterte der alte Bankier, als Dr. Watson sich anschickte, den Deckel aufzuheben.
Als erstes fiel ein merkwürdiger, stechender Geruch auf, der beißend in die Nasen der drei Herren stieg. Mit einem Seitenblick das Einverständnis von Dr. Watson einholend, griff Mr. Havelock-Smith mit nahezu ritueller Geste in die Kassette und förderte eine reichlich abgenutzte Tabakpfeife zutage.
»Die Pfeife von Sherlock Holmes!« rief der alte Herr andächtig aus, und in seiner Stimme schwang die kaum verhaltene Erregung eines Archäologen, der am Ende eines strapazenreichen Lebens im Dienste der Wissenschaft endlich den seit Jahrhunderten verschollenen, authentischen Weisheitszahn eines den Märtyrertod gestorbenen Heiligen in der Hand hält.
Während Mr. Cassidy mit offensichtlichem Widerwillen naserümpfend die Pfeife betrachtete, versenkte Mr. Havelock-Smith die Hand abermals in die Kassette, zauberte ein riesiges Vergrö-

ßerungsglas hervor und eine Jagdmütze, die ihm Schreie des Entzückens entlockte.

»Dr. Watson . . .«, strahlte er den Kanadier, der ihn amüsiert beobachtete, mit kindlicher Freude an, »wäre es möglich, ich meine, hätten Sie etwas dagegen, wenn ich . . .?«

Dr. Watson schüttelte lächelnd den Kopf. Und mit einem lustvollen Quieker stülpte sich der in Ehren ergraute Holmes-Verehrer die altmodische Jagdmütze auf den Kopf und eilte zur Glastüre des Bücherschrankes, um dort sein mit der kostbaren Reliquie verziertes Konterfei zu betrachten. Cassidy und Dr. Watson sahen sich grinsend an. Der Erbe der Kassette griff nun erstmals höchstpersönlich in das blecherne Gehäuse, und sein Gesichtsausdruck veränderte sich schlagartig, als er eine veraltete, primitive Injektionsspritze hervorholte.

»Sherlock Holmes war also tatsächlich ein Fixer? Damit hat er sich wohl sein Kokain gespritzt, oder?«

Havelock-Smith trippelte aufgeregt zurück zum Schreibtisch, um den neuen Fund zu begutachten.

»Je weniger man darüber spricht, um so besser«, brummte er kopfschüttelnd und fischte dann aus der Kassette eine Handvoll vergilbter Daguerrotypien. Aufgeregt breitete er sie vor sich auf dem Schreibtisch wie die Karten einer Patience aus.

»Eine gewisse Familienähnlichkeit ist tatsächlich nicht zu leugnen«, räumte Dr. Watson ein, als sein Blick dabei auf ein Studio-Portrait eines seriösen Herrn fiel, der unverkennbar sein Großvater sein mußte. Ein weiteres Bild in nicht minder gekünstelter Pose zeigte Sherlock Holmes, den Arm lässig auf die Lehne eines Sessels gestützt, in welchem Watson saß. Und wieder ein anderes Bild zeigte einen hemdsärmligen Holmes mit Knickerbockern in der steifen Haltung eines barfäustigen Boxchampions.

»Ein hervorragender Faustkämpfer«, brabbelte Mr. Havelock-Smith vor sich hin, und seinem Gesichtsausdruck war unschwer anzusehen, daß vor seinem inneren Auge einmal mehr eine Passage jenes geheiligten Schrifttums aufleuchtete, das zu seinem Lebensinhalt geworden zu sein schien. »Mr. Sherlock Holmes«, brüllte der Preisboxer, »beim Allmächtigen, wie konnte ich Sie

mit jemand anderem verwechseln? Ein Kinnhaken mit Ihrer weltberühmten Rechten, und ich hätte sofort gewußt, daß nur Sie es sein konnten!«
Jetzt erst bemerkte Mr. Havelock-Smith die irritierten Blicke der beiden anderen Herren und ließ seine erhobenen Fäuste sinken. »McMurdo. *Im Zeichen der Vier.* Was haben wir sonst noch?« stammelte er aufgeregt. »O Gott, hier! Das Herz jedes Sammlers schlägt höher! Watson als Militärarzt beim Fünften Regiment der Northumberland Fusiliers!«
»Auf einem Elefanten?«
»Ja doch! In Afghanistan, wo er von einer Jezail-Kugel getroffen wurde. Entweder in der linken Schulter oder am rechten Bein. Die Lehrmeinungen gehen hier bedauerlicherweise im Moment etwas auseinander.«
»Was für eine Kugel?«
»Die aus einem Jezail, einer langen, afghanischen Muskete.«
»Was Sie nicht sagen! Und was haben wir hier?«
Dr. Watson blickte interessiert auf eine Photographie, die Mr. Havelock-Smith soeben auf den Schreibtisch gelegt hatte. Sie zeigte einen stattlichen Vierziger im Cutaway mit grauem Zylinder, der mit dem Ausdruck offensichtlicher Befriedigung in Siegerpose ein Rennpferd am Zügel hielt.
»Ascot«, bemerkte Mr. Cassidy treffsicher.
»Und jenseits allen Zweifels Mycroft Holmes«, ergänzte der Bankdirektor. »Sherlocks älterer Bruder. Ein äußerst bemerkenswerter Mann. Holmes zögerte niemals, die Fähigkeiten seines Bruders als Detektiv höher einzuschätzen als seine eigenen. Mycroft besaß jedoch nie die Energie und den Ehrgeiz, sich ihrer mit Erfolg zu bedienen.«
Dr. Watson hatte inzwischen mit süffisantem Lächeln ein Notenpapier aus der Kassette gehoben. Der alte Bankier stutzte, als er sich die handschriftliche Widmung am Kopfende näher betrachtete.
»Für Ilse von H. – von S. H.?«
»Dies steht dort offensichtlich.«
»Sieht nach einer Komposition von Holmes aus.« Mr. Havelock-Smith runzelte die Stirne. »Außergewöhnlich interessant!

Aber diese Ilse von H.? Es ist mir beim besten Willen nicht möglich, diesen Namen in den Memoiren Ihres Großvaters zu memorieren.«

»Na schön«, schmunzelte Dr. Watson, »dann hätten wir's ja wohl – mit Ausnahme dieser Papierchen hier.«

Mit diesen Worten hielt er ein dickes Manuskript-Bündel hoch, das mit einem verblaßten roten Band zusammengebunden war. Der Bankier nahm es ihm mit zitternden Händen ab.

»Darf ich?«

»Aber selbstverständlich.«

Hastig entknotete Mr. Havelock-Smith das Bündel.

»Handschriftliche Notizen! Vielleicht sogar die Originale jener Berichte über Holmes' Fälle für das *Strand Magazine.* Wenn dem so ist – mein Gott, Dr. Watson, dann sind Sie ein reicher Mann!«

Seine Stimme erstarb zu einem Flüstern, als er hastig zu lesen begann, wobei er wahlweise einzelne Blätter aus dem Bündel herauszog, um diese miteinander zu vergleichen. Dann streckte er plötzlich seine Hand aus, um an der Schreibtischkante Halt zu finden, und sah den jungen Mann aus Kanada bedeutungsvoll an.

»Dr. Watson«, in seiner Stimme lag tiefe Ergriffenheit – »dieser Bericht ist *niemals* veröffentlicht worden!«

Dr. Watson nahm ihm die Papiere aus der Hand und warf einen neugierigen Blick darauf.

»Sind Sie sicher?«

»Ganz sicher! Alle bislang bekannten Veröffentlichungen kenne ich praktisch auswendig.«

»Verzeihen Sie, Sir«, meldete sich nun Mr. Cassidy zu Wort, »Sie geben den Anschein, als hätten Sie soeben ein unbekanntes Werk von Shakespeare entdeckt.«

Mr. Havelock-Smith warf seinem Mitarbeiter einen scharfen Blick zu.

»Shakespeare? Ein Dilettant! Fünf ganze Akte benötigte er, um einen einzigen Mordfall zu klären. O nein, Gentlemen, Sie dürfen versichert sein – sollten diese Aufzeichnungen in der Lage sein, die geheimnisumwobene Persönlichkeit jenes Mannes, der

Sherlock Holmes war, in ein neues Licht zu rücken, dann stehen wir hier vor dem bedeutendsten literarischen Fund seit der Entdeckung der Schriftrollen vom Toten Meer!«

Der Kanadier betrachtete den greisen Bankdirektor mit jener Mischung aus Erstaunen und Neugier, die man in einem zoologischen Garten dem letzten Exemplar einer mittlerweile ausgestorbenen Tierart aus vorsintflutlichen Zeiten entgegenbringt. War es tatsächlich möglich, daß dieser aufgeregte alte Herr mit den roten Bäckchen und er, Watson, der gleichen Nationalität angehören, beide *Engländer* sein sollten? War es möglich, daß der wie ein Schuljunge bibbernde Bankdirektor durch ein Manuskript völlig aus dem Häuschen geriet, welches ihn als Erben dieser Papiere reichlich kalt ließ? Dann aber wurde er sich der gespannten Blicke bewußt, die auf ihn gerichtet waren, und er gab den beiden Herren ein Zeichen, es sich bequem zu machen. Und als sie sich gesetzt hatten, rückte er die Blätter zurecht und begann ruhig und sachlich zu verlesen, was sein Großvater einst niedergeschrieben und in einer Kassette über ein halbes Jahrhundert lang nach seinem Tod in einem Banktresor hatte verschließen lassen . . .

ZWEITES KAPITEL

Eine rasende Dampfmaschine

Im Laufe meines Lebens – *so begann das Manuskript* – habe ich weit über sechzig Fälle aufgezeichnet, die Zeugnis ablegen von den außergewöhnlichen Gaben und Fähigkeiten meines Freundes Sherlock Holmes, des besten und klügsten Menschen, der je auf diesem Stern gelebt hat. Wir teilten jedoch auch andere Abenteuer, die ich, aus Gründen der Diskretion, der Öffentlichkeit zunächst vorenthielt. Sie sind delikaten, ja zum Teil skandalösen Charakters, wie der geneigte Leser unschwer bemerken wird, wenn nach Ablauf der von mir verfügten Sperrfrist dereinst diese Papiere und ihr Inhalt der Allgemeinheit bekannt werden sollten.

Wenn ich diese Dinge heute niederschreibe, so geschieht dies nicht in der Absicht, schlüpfrige Erlebnisse um billiger Effekthascherei willen zu berichten. Es geschieht vielmehr in der aufrichtigen Hoffnung, daß es mir gelingen möge, durch meine Darstellung die Persönlichkeit meines verehrten Freundes in ein besseres Licht zu rücken. Er war nämlich alles andere als die eiskalte Präzisionsmaschine, zu der die Legende ihn stempelte. Auch ihm waren menschliche Leidenschaften nicht fremd, menschliche Schwächen nicht unbekannt – und es würde mein Gewissen als Biograph dieses einmaligen Menschen schwer belasten, wenn ich dieses bislang von mir gezeichnete Bild nicht korrigieren würde!

(– Es folgten diverse Verfügungen über die Form einer eventuellen Veröffentlichung des Manuskripts und ein Hinweis, daß man sich hierzu gegebenenfalls auch der bewegten Bilder des Kinematographen bedienen könne, der als Medium immer mehr an Bedeutung gewänne. Die Präambel schloß mit einem kurzen Zitat aus einem Werk von Sherlock Holmes' Lieblingsphilosophen und Namensvetter Oliver Wendell Holmes über die Fehlbarkeit der menschlichen Natur. Und danach beginnt die Erzählung in der Form, wie sie hier erstmals im Druck vorgelegt wird. –)

Es war im September des Jahres 1887. Sherlock Holmes und ich hatten in Yorkshire das Geheimnis um das plötzliche Ableben von Admiral Abernetty gelöst und kehrten nach London zurück. Es handelte sich, wohlverstanden, um jenen Fall, wo Holmes den Mörder durch den Beweis überführte, daß die kurzsichtige Kammerzofe in dem Moment, als der tödliche Schuß abgegeben wurde, nicht auf eine Uhr blickte, deren Zeiger 11 Uhr 55 anzeigten, sondern vielmehr auf ein Barometer, das über fallenden Luftdruck bei 29 Grad und voraussichtlich längere Regenschauer informierte.

Wir hatten eine lange Reise durch die Nacht hinter uns und fuhren ermüdet und schweigsam durch die Londoner Straßen, die sich schon früh mit Menschen füllten. Als wir jedoch in die Baker Street einbogen, schienen unsere Lebensgeister plötzlich wieder zu erwachen. Wir begannen lebhaft zu plaudern – eine Wirkung, die sich regelmäßig dann einstellte, wenn wir uns wieder dem Haus Nr. 221 B näherten. Mochte diese Hausnummer auch in der öffentlichen Meinung gewissermaßen symbolisch stehen für Mord, Erpressung und andere üble Schurkereien – für uns bedeutete es einfach das Zuhause!

Freudig erregt stiegen wir die siebzehn Treppenstufen hoch, wo uns unsere gute, alte Mrs. Hudson herzlich willkommen hieß. Lange waren wir nicht fort gewesen – doch es gab uns ein beruhigendes Gefühl, die Blicke wieder schweifen lassen zu können über das geliebte Durcheinander unseres Wohnzimmers, den Ausgangspunkt so vieler gefährlicher Expeditionen und spannender Abenteuer.

Flackernd brannte das Feuer im Kamin und umfing uns mit behaglicher Wärme. Dort stand das Kohlenbecken, in das Holmes immer wieder seine leeren Zigarrenschachteln warf. Auch der als Tabakbehälter dienende persische Pantoffel befand sich an seinem angestammten Platz. Und all die anderen vertrauten Dinge: Holmes' samtüberzogener Lehnstuhl; die weiche Couch mit ihren Kissen, die – könnten sie nur reden – so viele denkwürdige Geschichten zu erzählen vermöchten von Menschen, die dort sitzend uns ihre Sorgen und Nöte anvertraut hatten; der Korbstuhl, in welchem ich meine Berichte zu verfassen pflegte; der Glasschrank mit seinem reichhaltigen Sortiment alkoholischer Getränke; der einfache, von Säuren verätzte Holztisch, der Holmes zur Durchführung seiner Labor-Experimente diente, die zwar stets die Luft im Zimmer verpesteten, aber schon häufig über Leben und Tod entschieden hatten; der Eßtisch, stummer Zeuge hastig hinuntergeschlungener Imbisse und epikureischer Schlemmermahlzeiten; die Bücherregale mit den Dokumentationen älterer und neuerer Kriminalfälle und den voluminösen Wälzern der Trivialliteratur, an deren Gemeinplätzen Holmes sein Allgemeinwissen zu orientieren pflegte; der brokatene Klingelzug; die Petroleumlampen; Holmes' geliebte Geige in ihrem Violinkasten . . . kurz all das, was ich immer wieder zum vertrauten Bestandteil meiner Berichte zu machen bestrebt war im gleichen Sinne, wie ich es auch immer mit den Gewohnheiten und Eigenschaften des Mannes gehalten hatte, für den etwas ähnliches gewesen zu sein wie Eckermann für J. W. v. Goethe ich mir zur Ehre anrechne.

»Ihre Korrespondenz finden die Herren auf dem Kaminsims«, unterbrach Mrs. Hudson meine Träumereien. »Es wäre übrigens sinnvoll, mich künftig von Ihrer Rückkehr zeitiger zu unterrichten. Ich hätte einen Gänsebraten vorbereiten und Blumen besorgen können!«

»Liebe Mrs. Hudson«, erwiderte Holmes, bereits mit dem Öffnen der Briefe beschäftigt, »Verbrecher sind hinsichtlich ihrer Taten ebenso kaltblütig wie unberechenbar. Der Terminkalender gerät bei ihrer Verfolgung leicht etwas durcheinander.«

Während Mrs. Hudson sich zurückzog, um unsere Reisetaschen auszupacken, gesellte ich mich zu Holmes, um ihm bei der Durchsicht unserer Post behilflich zu sein.

Ein Brief erregte dabei mein ganz besonderes Interesse. »Holmes!« rief ich erfreut. »Man schickt mir ein Andruck-Exemplar des *Strand Magazine* – sie bringen meinen Bericht über das *Abenteuer der Rotschopf-Liga*!«*

Ich hielt Holmes die Zeitschrift hin. Er machte jedoch keinerlei Anstalten, einen Blick darauf zu werfen.
»Interessiert es Sie nicht, wie ich ihn abgefaßt habe?«
»Ich kann es kaum erwarten«, stichelte er in seiner bekannten, sarkastischen Weise. »Sie dürften inzwischen wissen, was ich von Ihrem peinlichen Hobby halte, meine Arbeit in ein romantisierendes Licht zu tauchen! Sie blasen meine einfachen, logischen Kombinationen auf zu schaurig-schönen, übertriebenen, schillernden Schaumschlägereien ...«
»Diese Anschuldigung muß ich mit Nachdruck zurückweisen.«
»Sie haben meine Körpergröße mit 1,93 m angegeben und mich damit um gut 8 cm länger gemacht.«
»Das ist dichterische Freiheit.«
»Sie haben mir mit dieser dichterischen Freiheit eine höchst sonderbare Art der Kostümierung zugeschrieben, die ich nun in aller Öffentlichkeit beizubehalten gezwungen bin.«
»Das können Sie mir nicht anlasten, Holmes. Dafür sind die Illustratoren meiner Erzählungen verantwortlich.«
»Sie haben mir den Ruf eines grandiosen und virtuosen Violinisten angehängt«, wetterte Holmes und warf mir einen geöffneten Brief zu. »Das Ergebnis ist, daß ich jetzt sogar eine Einladung vom Philharmonischen Orchester der Stadt Liverpool erhalte, um als Solist in einem Mendelssohn-Konzert aufzutreten. Dabei wäre ich nicht einmal in der Lage, in einer zweitrangigen Music Hall die Triangel zu spielen.«
»Ihre Bescheidenheit ehrt Sie.«
Holmes tat so, als ignoriere er mein Kompliment. »Sie haben bei Ihren Lesern den unumstößlichen Eindruck erweckt, ich sei ein Weiberfeind. In Wirklichkeit habe ich nichts gegen Frauen – ich traue ihnen lediglich nicht über den Weg. Jedes Augenzwinkern erscheint mir wie eine Prise Arsen in der Suppe ...«
»Aber gerade diese kleinen Farbtupfer lieben meine Leser«, konterte ich.

* Das Andruck-Exemplar wurde sehr frühzeitig zugeschickt. Tatsächlich erschien das *Strand Magazine* erstmals im Jahre 1891, also vier Jahre *nach* den hier geschilderten Ereignissen. Ein offensichtlicher Beweis für Watsons gestörtes Verhältnis zur Chronologie von Ereignissen!

»Schamlose Übertreibungen wäre wohl ein besserer Ausdruck als Farbtupfer! Sie haben sich sogar nicht gescheut, von mir das Bild eines hoffnungslos Rauschgiftsüchtigen zu zeichnen – und dies nur, weil ich mir hie und da eine fünfprozentige Kokainlösung spritze.«

»Siebenprozentig, Holmes!«

»*Fünfprozentig*! Sie haben die Lösung jahrelang hinter meinem Rücken verdünnt.«

»Holmes«, sagte ich, »als Ihr Arzt und als Ihr Freund muß ich diesen Drogenmißbrauch ganz entschieden verurteilen.«

»Lieber Arzt und Freund«, antwortete Holmes diesmal ganz ohne Sarkasmus, »zu Rauschgiften greife ich nur dann, wenn mich die Langeweile übermannt. Wenn ich nicht in der Lage bin, mich mit interessanten Fällen zu beschäftigen. Man stelle mich vor ein Problem, Watson, man gebe mir die Möglichkeit zur Aktivität – und Sie werden vergeblich eine Spritze in meiner Hand suchen. Der normale Rauschgiftsüchtige flieht in den Rausch, um sich solcherart eine Ausrede zu schaffen dafür, daß er unaktiv ist. Ich dagegen greife mitunter zur Spritze, um der frustrierenden Qual zu entfliehen, daß keine Aktivitäten gegeben sind, in die ich mich stürzen könnte. Zu meinem großen Bedauern läßt es sich nicht länger übersehen, daß die Zeit der großen Verbrechen endgültig der Vergangenheit anzugehören scheint. Und was meine bescheidenen Fähigkeiten anbelangt, so scheinen sie jetzt gerade noch gut genug zu sein, um verlorene Gartenzwerge aufzuspüren.«

»*Gartenzwerge?*«

»Und zwar gleich sechs Stück«, Holmes wedelte mit einem Brief hin und her. »Sie nennen sich ›Die purzelnden Pikkolos‹ – eine Akrobatengruppe aus einem Zirkus. Auf dem Weg von London nach Bristol sind sie spurlos verschwunden!«

»Eine äußerst spannende Angelegenheit, möchte ich meinen!«

»In der Tat! Denn sie sind nicht nur Zwerge, sondern auch Anarchisten.«

»Anarchisten?«

»Im Augenblick hat man sie bereits wahrscheinlich schon nach

Wien geschmuggelt. Sie sollen als kleine Mädchen verkleidet den russischen Zaren bei seiner Ankunft auf dem Bahnhof mit Blumensträußchen begrüßen, in denen sich Bomben mit glimmenden Lunten verbergen!«

»Holmes!« schrie ich auf. »Wir müssen sofort die Behörden verständigen!«

»Mitnichten! Der Herr Zirkusdirektor bietet mir fünf Pfund für ihre Wiederbeschaffung. Das ist pro Zwerg weniger als ein Pfund. Meiner Ansicht nach stellt sich der Fall in weit einfacherem Licht dar, wenn wir davon ausgehen, daß dieser Herr Zirkusdirektor ein mieser Geizkragen ist. Dann sind ihm namlich die kleinen Kerlchen ganz einfach durchgebrannt, um sich von einem anderen Varieteunternehmen unter Vertrag nehmen zu lassen. Verzeihen Sie«, meinte er, als er meinen niedergeschlagenen Gesichtsausdruck wahrnahm, »aber Sie können mir aufs Wort glauben, daß es Verbrechen im wirklich großen Stil heute nicht mehr gibt. Der Schicht der Kriminellen gebricht es in unseren Tagen ganz einfach an Unternehmungsgeist und Originalität. Bestenfalls kann man noch mit irgendwelchen äußerst durchsichtigen Gaunereien rechnen, deren Lösung selbst für Beamte von Scotland Yard kein weltbewegendes Problem darstellt.«

Holmes war zu seinem Schreibtisch hinübergeschlendert, auf dem sich in genial unordentlichem Durcheinander Zeitungen, Bücher, Dokumente, Druckschriften, Zettel usw. häuften.

»Mrs. Hudson!« rief er plötzlich erzürnt aus.

Unsere Wirtschafterin kam aus dem Schlafzimmer herbeigeeilt, wobei sie in der Hand noch eines von Holmes' schmutzigen Hemden hielt.

»Mrs. Hudson, es fehlt etwas auf meinem Schreibtisch!«

»Was soll denn da bitte fehlen?«

»Etwas von entscheidender Wichtigkeit – Staub!« Er fuhr mit dem Finger über den Schreibtisch und hielt ihr diesen sodann vor die Augen. »Sie haben hier gegen meine ausdrückliche Anordnung geputzt!«

»Ich habe aber auch genau darauf geachtet, nichts durcheinanderzubringen«, erwiderte Mrs. Hudson hitzig.

»Mrs. Hudson«, schüttelte Holmes ungeduldig den Kopf,

»Staub ist ein wesentlicher Bestandteil meiner gesamten Unterlagen. Anhand der Dicke der Staubschicht bin ich in der Lage, jedes Dokument blindlings seinem jeweiligen Datum zuzuordnen.«

Mrs. Hudson gab einen Laut der Entrüstung von sich und zeigte Holmes mit Daumen und Zeigefinger die Stärke der von ihr entfernten Staubschicht mit etwa zwei Zentimetern an. »An einigen Stellen lag der Staub so dick da!«

»Das würde etwa dem März 1883 entsprechen«, nickte Holmes befriedigt.

Die Kabbeleien zwischen Holmes und unserer guten, alten Mrs. Hudson wurden noch am gleichen Abend fortgesetzt. Nach dem Abendessen hatte ich mich in meinen Korbstuhl zurückgezogen, um mit der Niederschrift unseres letzten Abenteuers zu beginnen. Und Holmes hatte sich zu meinem Entsetzen darangemacht, seine Rauch-Maschine in Betrieb zu setzen. Diese abscheuliche, infernalische Konstruktion bestand aus einem mit Gummischläuchen versehenen Gestell, an welche Zigaretten, Zigarren, Pfeifen oder alles zusammen angeschlossen werden konnten. Mittels eines Pedals war Holmes in der Lage, den Blasebalg unseres Kamins zum Simulieren des Ein- und Ausatmens zu betätigen, und schon knappe Zeit nach Inbetriebnahme der Maschine ähnelte unser Zimmer einem verqualmten und verrußten Eisenbahntunnel. In Hemdsärmeln war Holmes damit beschäftigt, einerseits das Pedal zu bedienen und gleichzeitig Proben der verschiedenen Aschensorten auf gläsernen Objektträgern zu sammeln, die er später einer mikroskopischen Untersuchung zu unterziehen gedachte.

Ich versuchte verzweifelt, die Umrisse des Schreibpapiers vor mir auf dem Tisch zu erahnen, während sich Mrs. Hudson mit keuchendem Husten bemühte, mit dem Tablett in der Hand jene Stelle des Zimmers zu erreichen, wo sie zuletzt der Türe ansichtig geworden war.

»Wie können Sie das nur aushalten?« rief sie, verzweifelt gegen einen neuen Hustenanfall ankämpfend. »Lassen Sie mich doch wenigstens mal das Zimmer lüften!«

»Pst, Mrs. Hudson!« versuchte ich die Wogen ihrer Erregung

zu glätten. »Mr. Holmes arbeitet gerade an einer epochalen Studie über Tabakasche.«

»Kann mir nicht denken, daß ein brennendes Bedürfnis danach besteht«, gab sie schroff zur Antwort.

»Für unsere Arbeit«, versuchte ich zu erklären, »ist es zuweilen von geradezu lebenswichtiger Bedeutung, etwa zwischen den Aschenresten einer mazedonischen Zigarette und einer Zigarre aus Jamaica zweifelsfrei unterscheiden zu können. Bis dato hat Mr. Holmes bereits zweihundertachtzehn verschiedene Sorten von Aschen gesammelt und etikettiert.«

»Mit Ausnahme der Asche«, schimpfte sie, »die auf meinen Teppich gefallen ist und dort Löcher hineingebrannt hat!«

Mit diesen Worten erreichte sie, ächzend nach Luft ringend, die Tür und verschwand. Gleichzeitig wurde ich gewahr, daß sich aus den dunklen Schwaden heraus Holmes mir näherte.

»Irgendwie hat sie recht, Watson. Ich ersticke *tatsächlich*. Das liegt jedoch nicht am Luftmangel! Ich hasse es, nicht aktiv sein zu können, nicht gefordert zu sein! Dieses stundenlange Herumsitzen, das Starren in die Rauchwolken, das Stieren ins Mikroskop – das sind keine Aufgaben für mich!«

»Ich persönlich stehe nicht an, darin einen ganz entscheidenden Beitrag zur Kriminalwissenschaft zu sehen.«

Holmes hatte mittlerweile seinen Violinkasten geöffnet.

»Manchmal bewundere ich Ihre Mentalität, mein lieber Watson«, sagte er und begann, schwermütig an den Saiten seiner Stradivari zu zupfen.

»Holmes, ich bitte Sie!«

»Doch, doch! In Ihnen liegt so viel Abgeklärtheit, prosaische Unerschütterlichkeit. Mein Geist revoltiert leider gegen diese Art der Gelassenheit. Er gleicht einer rasenden Dampfmaschine, die Gefahr läuft, in tausend Stücke zu explodieren, weil die aufgestaute Energie sich ganz einfach nicht in entsprechende Aktivitäten, in eine entsprechende Leistung umwandeln kann.«

Er klemmte die Stradivari unters Kinn und begann zu spielen. Doch noch ehe ich mich dem Genuß der mir unbekannten Melodie hingeben konnte, legte er das Instrument wieder beiseite, ging hinüber zum Schrank, öffnete meine Arzttasche und holte eine Flasche mit Kokainlösung hervor. Und ohne meinen Protesten Beachtung zu schenken, verschwand er im Schlafzimmer. Ich stürzte ihm nach. Er hatte die Flasche auf den Waschtisch gestellt und sich bereits den linken Hemdsärmel hochgekrempelt.

»Holmes! Beherrschen Sie sich!«

Holmes würdigte mich keines Blickes und nahm aus dem kleinen Täschchen aus Saffianleder die Injektionsspritze heraus.

»Schämen Sie sich denn gar nicht, Holmes?«

»Und wie! Die Spritze wird mir darüber hinweghelfen.«

Einen Moment war ich versucht, ihm die Spritze aus der Hand zu reißen. Doch meine Entschlußkraft ließ mich, wie schon so oft, im Stich. So sehr ich den Gebrauch von Drogen auch ablehnte – von schmerzlindernder Indikation natürlich abgesehen – so wußte ich doch, daß mein guter Holmes ohne sie nicht auskam. Seine Persönlichkeit wies, nichts weiter Erstaunliches bei außergewöhnlichen Menschen seines Schlages, einen gewissen Bruch auf, der durch die Gewohnheit, die Droge zu sich zu nehmen, mehr als durch die Droge selbst ausgeglichen wurde. Dennoch konnte ich mich eines bitteren Vorwurfs nicht enthalten. »Sie legen nur Wert darauf, mich in Ihrer Nähe zu sehen, weil ich für Sie eine äußerst vorteilhafte Bezugsquelle darstelle.«

»Sie sollten Ihre anderweitigen Vorzüge nicht unterschätzen, mein lieber Watson«, erwiderte er mit jener Lässigkeit, die mich oft zur Raserei brachte. »Außerdem wäre ich Ihnen dankbar, wenn Sie mir eine neue Nadel geben würden. Diese hier wird allmählich stumpf.«

Die Wohnzimmertüre öffnete sich, und ich konnte sehen, wie Mrs. Hudson mit dem Teetablett erschien. Rasch versteckte Holmes die Spritze hinter seinem Rücken, während ich Mrs. Hudson entgegenging.

»Dürfte ich Sie bitten, mir beim Packen behilflich zu sein?«

»Selbstverständlich, Sir. Übers Wochenende oder länger?«

»Sehr viel länger. Ich ziehe aus.«

»Sie ziehen aus?«

Sie schaute hinüber zu Holmes, der in der Schlafzimmertür stand. Sein Kommentar beschränkte sich auf ein Achselzucken.

»Ich würde Sie bitten, mir mein Gepäck so bald als möglich fertigzumachen«, bat ich.
Mrs. Hudson zögerte einen Moment und ging dann hinüber zu meinem Schlafzimmer, von wo ich schon bald ihr geschäftiges Rumoren vernehmen konnte.
»Ist die Frage gestattet, wohin Sie sich zu begeben beabsichtigen?« fragte Holmes.
»Ich habe noch keine genauen Pläne. Wahrscheinlich werde ich eine Praxis eröffnen. Immerhin bin ich Arzt, wie Ihnen bekannt sein dürfte.« Ich begann, meine Sachen im Zimmer zusammenzusuchen. »Selbstverständlich werde ich die Hälfte unserer Miete weiterzahlen, bis Sie jemanden gefunden haben, der diese Räumlichkeiten zukünftig mit Ihnen teilt.« Ich griff in meine Arzttasche. »Inzwischen darf ich Ihnen mein Abschiedsgeschenk überreichen – eine nagelneue Injektionsnadel für Ihre Spritze. Dazu drei volle Flaschen Kokainlösung. Wenn Sie selbstmörderische Ambitionen haben, dann lassen Sie sich durch mich bitte nicht aufhalten. Erwarten Sie aber auch bitte nicht von mir, daß ich tatenlos zusehe, wie Sie sich Ihr eigenes Grab schaufeln!«
Ich stellte die Flaschen auf das Kaminsims und begab mich ins Schlafzimmer, um Mrs. Hudson beim Packen meiner Koffer behilflich zu sein.
Mrs. Hudson weinte still vor sich hin. »O mein Gott, so was Trauriges, nach all den vielen, vielen Jahren . . .!«
»Eigentlich freue ich mich darauf, wieder ein normales Leben zu führen«, bemühte ich mich, sie ein wenig aufzuheitern. »Ich freue mich auf einen geregelten Tagesablauf, wo man mich nicht mitten in der Nacht wegen eines Lustmordes aus dem Bett klingelt, sondern höchstens wegen eines Falles von Appendizitis*.«
In diesem Augenblick wurden wir durch Pistolenschüsse aufgeschreckt, die im Wohnzimmer fielen. Das Blut gerann uns in

* Offensichtlich hatte sich Watson laufend anhand medizinischer Fachzeitschriften weitergebildet. Die Appendizitis war bis 1886, also ein Jahr vor den hier geschilderten Ereignissen, kaum unter dieser Bezeichnung bekannt gewesen. Selbst ein praktizierender Arzt hätte zu dieser Zeit nicht unbedingt diesen neuen medizinischen Fachausdruck in einer einfachen Konversation so schnell zur Hand gehabt.

den Adern. Weitere Schüsse waren zu hören. Ich stürzte zur Tür und riß sie auf.
Zu meiner unendlichen Erleichterung sah ich Holmes, der unversehrt an seinem Schreibtisch saß – einen rauchenden Revolver in der Hand. Er zielte soeben wieder mit äußerster Sorgfalt, jedoch nicht auf seinen eigenen Kopf, sondern gegen die letzte der drei Flaschen Kokainlösung, die ich kurz zuvor auf dem Kaminsims abgestellt hatte. Die zerschossenen Scherben der anderen beiden Flaschen lagen dicht daneben, und die narkotische Lösung tropfte hinunter ins Feuer.
»Mr. Holmes!« empörte sich Mrs. Hudson, die mir gefolgt war. »Wie oft muß ich Ihnen eigentlich noch sagen, daß mir Schießereien im Wohnzimmer zuwider sind?«
Statt einer Antwort drückte Holmes ein weiteres Mal ab. Ein weiterer Knall! Dann ein Schrei von Mrs. Hudson! Und dann das Klirren von Glasscherben – auch die dritte Flasche war seinen Schießkünsten zum Opfer gefallen.
»Unerhört!« schrie Mrs. Hudson im höchsten Diskant.
»Alles in bester Ordnung, Mrs. Hudson«, besänftigte ich sie. »Ich werde höchstpersönlich dafür Sorge tragen, daß hier alles wieder saubergemacht wird, während Sie bitte so liebenswürdig sein wollen, meine Koffer wieder auszupacken.«
»Bei allen guten ... *auspacken*?«
»Sie sagen es!«
Die gute, alte Mrs. Hudson sah mich völlig entgeistert an und kehrte kopfschüttelnd in mein Schlafzimmer zurück. Ich selbst machte mich mit Kohlenschaufel und Handbesen daran, die Flaschenreste aufzukehren.
»Ich muß Ihnen danken, Holmes«, sagte ich zu meinem Freund. »Ich bin mir dessen bewußt, welche Selbstüberwindung Sie diese Entscheidung gekostet haben muß!«
»Ganz und gar nicht, mein lieber Watson«, lächelte Holmes und stand gelassen aus seinem Sessel auf. »Es galt lediglich, die Entscheidung zu treffen zwischen einer schlechten Angewohnheit und einem guten Freund.«
»Sie machen mich sehr glücklich.«
»Mir ist oft der Vorwurf gemacht worden, ich sei ein kalter,

unempfindsamer Mensch, mein lieber Watson. Trotzdem muß ich gestehen, daß ich Sie sehr gerne mag.«

»Das wußte ich«, versicherte ich ihm. Es machte mir jedoch Freude, dieses Kompliment aus seinem Munde zu hören.

In diesem Moment fiel mein Blick auf seine Stradivari, die auf einem Stuhl neben dem Kamin lag. Sie war von der Kokainlösung vollgespritzt worden.

Ich machte ihn darauf aufmerksam. »Wir müssen das Instrument sofort abwischen.«

Ich hob sie auf und ging zum Violinkasten, in welchem er einen Lappen aufzubewahren pflegte, mit dem er seine Geige von Zeit zu Zeit blankpolierte. Zu meinem äußersten Erstaunen sprang er mir entgegen und verstellte mir den Weg.

»Bemühen Sie sich nicht, mein lieber Watson. Ich mache das schon.«

Er nahm mir die Stradivari aus der Hand und rieb sie mit einer Serviette ab. Dann trug er sie selber zum Violinkasten, legte sie behutsam hinein und ließ den Deckel geräuschvoll zuschnappen.

Wenn ich heute an dieses Ereignis zurückdenke, dann mache ich mir nicht unbeträchtliche Vorwürfe, daß ich mich seinerzeit so leicht hinters Licht führen ließ. Ganz ohne Zweifel hatten seine Schmeicheleien und die Tatsache, daß ich ihn durch mein entschiedenes Verhalten zu einem heroischen Entschluß gezwungen hatte, meine Augen blind gemacht für die eigentlich unübersehbaren Realitäten. Sonst hätte ich doch ganz selbstverständlich an der Flüssigkeit geschmeckt, die aus den zerschossenen Flaschen tropfte – und ich hätte unschwer festgestellt, daß es sich um Wasser oder etwas ähnliches handelte. Sodann wäre mir bei einer näheren Untersuchung der Scherben aufgefallen, daß es sich nicht um meine Kokainflaschen handelte. Und ich hätte letztlich auch entdeckt, daß die Form der zerschossenen Flaschen eine erstaunliche Ähnlichkeit aufwies mit jenen, die zu Holmes' Labor-Ausrüstung gehörten.

Sherlock Holmes hat mir des öfteren den Vorwurf nicht erspart, daß ich nicht scharf genug beobachtete. Mit Recht! Sonst hätte mir ganz einfach das leise, klirrende Geräusch auffallen müssen, als mein Freund seine Stradivari zurück in ihren Kasten legte. Doch, wie gesagt, ich war blind. Mein Ohr war nur offen für die Komplimente meines Freundes, und meine Augen sahen nichts weiter als unser gemütliches Heim, in dem ich zu guter Letzt nun doch verbleiben durfte.

DRITTES KAPITEL

Die Affäre mit der russischen Ballerina

In meinen bisherigen Berichten habe ich mehrmals erwähnt, Sherlock Holmes habe seine Geige von einem Pfandleiher in der Tottenham Court Road für einen Betrag von 55 Shilling erworben. Kennern, denen der Wert einer echten Stradivari bekannt ist, muß diese Behauptung immer zweifelhaft erschienen sein. Jedoch war es bislang nicht möglich, den wahren Hergang jener Ereignisse, die mit dem Erwerb dieses kostbaren Instruments in Zusammenhang standen, zu schildern, ohne den Ruf einer der berühmtesten Frauen ihrer Zeit leichtfertig aufs Spiel zu setzen. Und welche Rückschlüsse sich gegebenenfalls auf Holmes' und meinen Charakter ergeben hätten, wird aus den nächsten Seiten zu ersehen sein.

Es war ein Alptraum. Und es begann alles an einem Junimorgen des Jahres 1885. Unser Frühstückstisch war noch nicht abgeräumt, und der angenehme Duft von Kaffee und gebratenem Speck hing in der Luft. Nur mit einem Morgenmantel bekleidet ging ich in unserem Wohnzimmer auf und ab, in der Hand einen Brief aus blauem Büttenleinen und zwei Theaterkarten, die diesem beigelegt gewesen waren. Holmes befand sich noch in seinem Schlafzimmer und verrichtete in einer Sitzbadewanne plätschernd seine Morgentoilette.

»Seien Sie doch nicht so dickköpfig, Holmes«, rief ich ihm zu. »Es handelt sich doch um den letzten Auftritt des Kaiserlich Russischen Balletts! Man spielte monatelang vor ausverkauftem Haus! Sträuben Sie sich doch nicht gegen einen Besuch, wenn uns schon jemand zwei Freikarten schickt!«

»Das ist es ja gerade«, brummelte Holmes etwas unverständlich, da er gerade mit dem riesigen Badeschwamm sein Gesicht bearbeitete. »Können Sie mir einen vernünftigen Grund nennen,

warum uns jemand Freikarten schickt – und dies auch noch anonym?«
»Vielleicht bedarf er Ihrer Hilfe!« Ich überflog den Brief noch einmal. »Hier steht«, und ich zitierte: »Sie sind der einzige Mann auf der Welt, der mir helfen kann!«
»Und ich gestatte mir, dahinter ein Komplott zu vermuten!«
»Sie denken an eine Falle?«
»Jemand will mich umbringen.«
»Umbringen?«
»Genau! Mich zu Tode langweilen, genauer gesagt. Es scheint sich herumgesprochen zu haben, daß ich das Ballett schlechthin verabscheue.«
»Aber in diesem Fall handelt es sich um *Schwanensee**! Tschaikowsky gewissermaßen in höchster lyrischer Vollendung«, beharrte ich und begann, einige Takte aus dem *Pas de deux* zu summen.
»Um die Musik geht es mir gar nicht. Ich bekomme nur jedesmal einen Brechreiz, wenn ich mir diese muskulösen Nymphchen ansehen muß, die von gertenschlanken Jüngelchen in schamlos engen Hosen über die Bühne gehetzt werden, die sich ganz offensichtlich viel lieber mit sich selber beschäftigen würden!«
»Aber ich muß es mir gefallen lassen, daß Sie mich dauernd in diese anödenden Violinkonzerte schleifen«, protestierte ich.
»Gehen Sie doch einfach ohne mich, mein lieber Watson.«
»Und die zweite Karte sollen wir einfach verfallen lassen?«
Ein Geräusch an der Wohnzimmertüre enthob ihn einer Antwort. Mrs. Hudson trat ein, in der Hand einen Brief.
»Dies wurde soeben für Mr. Holmes abgegeben. Per Eilboten!«
»Kommen Sie nur näher«, rief mein plantschender Freund.

* Dies alles kann sich unmöglich im Jahre 1885 zugetragen haben. Die erste Fassung von *Schwanensee* wurde in Rußland 1877 uraufgeführt, ausgepfiffen und vor 1895 selbst in Rußland nicht wieder auf die Bühne gebracht. Auszüge wurden in London erst um die Jahrhundertwende gezeigt. Die erste ungekürzte Fassung konnte das Publikum 1934 im Sadler's Wells Theater erleben.
Bis 1910 (Diaghilev) gastierte nie eine russische Ballett-Gruppe in London – ein russisches Staatsballett (Bolschoi) kam 1956 erstmals an die Themse.
Offenkundig wurde Watsons Interesse weniger von Tschaikowsky als von der *Tänzerin* gefesselt!

Es gelang Mrs. Hudson, mit niedergeschlagenen Augen und keuschem Krebsgang bis zur Sitzbadewanne vorzudringen und Holmes den Brief zu überreichen. Aufatmend zog sie sich zurück.
»Mrs. Hudson!« hinderte Holmes sie an ihrer Flucht vor der Versuchung. »Hätten Sie Lust, heute abend ins Theater zu gehen? Ballett!«
»*Das* Ballett, Sir?«
»Dr. Watson wird Sie begleiten.«
Sie sah mich fragend an.
»Es wäre mir ein Vergnügen«, log ich höflich.
»Ich war noch nie in einem Ballett, Sir.«
»Nun«, lächelte Holmes, »dann werden Sie den Genuß haben, Ihre erste Ballett-Aufführung in Gegenwart eines versierten Experten zu erleben, der Ihnen sämtliche Schön- und Feinheiten gerne erklären wird.«
Mrs. Hudson strahlte wie ein Honigkuchenpferd.
»Was soll ich anziehen?« wollte sie aufgeregt von mir wissen. Vor meinem inneren Auge versuchte ich verzweifelt, sie mir anders als im grauen Hauskleid mit vorgebundener Schürze vorzustellen. Doch das Bild konnte keine rechte Gestalt gewinnen.
»Holen Sie meinen Frack aus der Mottenkiste, Mrs. Hudson«, ließ sich mein Freund wieder vernehmen.
»Ihren Frack? Aber wie sehe ich denn darin aus . . .?«
»Sie sollen gar nicht darin aussehen! Plan geändert. Ich werde Dr. Watson begleiten!«
Ich sah zu ihm hinüber und bemerkte, daß er noch immer den inzwischen patschnassen Eilbrief in der Hand hielt.
»Was ist passiert, Holmes?«
»Sehen Sie selbst!«
Ich nahm ihm den Brief aus der Hand. Er enthielt lediglich einen Satz, unverkennbar in der Handschrift, von der auch der erste Brief stammte:
»Lassen Sie sich bitte nicht durch Mrs. Hudson vertreten!«

Ich selbst war von jenem Abend begeistert – was man von meinem Freund weniger behaupten konnte. Von unserer Proszeni-

umsloge hatten wir einen phantastischen Blick auf die berühmteste Bühne Europas. Um uns herum wetteiferten im Halbdunkel glitzernde Geschmeide mit reizvoll dekolletierten Busen – mein Herz hüpfte vor Freude in dem Gefühl, so viele bezaubernde, schöne Frauen um mich herum zu wissen. Die weibliche Klientel meines geschätzten Freundes gehörte nämlich zu meinem Bedauern eher der hausbackenen Sorte an.
Doch keine dieser Musenjüngerinnen war in der Lage, sich mit jener Dame zu messen, die vor uns auf der Bühne tanzte! Ein duftiges Federkleid unterstrich ihre hinreißende Figur. Und die von schwarzem Haar umrahmte slawische Schönheit ihres Gesichts spiegelte erschütternd das Herzeleid von Odette wieder, der Schwanenprinzessin, die ein böser Zauber in der Gestalt eines Vogels gefangenhält.
Die Petrova! Nie bisher war Vergleichbares in London geboten worden! *Tour en l'air, Jeté, Entrechat* – atemberaubende Vollkommenheit, schmetterlingsleichte Grazie!
»Eine Frau von traumhafter Schönheit, Holmes«, flüsterte ich.
»Bitte wer?« brummte Holmes und rutschte unruhig auf seinem Sitz hin und her.
»Die Petrova!« Ich drückte ihm mein Opernglas in die Hand, das er widerstrebend auf die Ballerina richtete.
»Ganz hübsch was in der Bluse, das muß ich zugeben.«
»Man sagt, zwölf Männer seien ihretwegen in den Tod gegangen.«
»Was Sie nicht sagen«, gähnte er gelangweilt.
»Sechs begingen Selbstmord. Vier starben beim Duell. Einer stürzte von der Balkonbrüstung im Wiener Opernhaus.«
»Macht nach Adam Riese nur elf.«
»Der Herabstürzende fiel im Orchestergraben auf den zweiten Flötisten.«
In diesem Augenblick hörten wir ein Geräusch hinter uns. Ein Herr betrat die Loge – ein Mittfünfziger von außerordentlich gepflegter Erscheinung mit silbergrauem Haar und einem kleinen, gestutzten Bärtchen.
»Mr. Holmes?« fragte er mit knarrender Stimme und fremdländischem Akzent.

»Ich bin Holmes!«

Unser Besucher machte eine steife Verbeugung. »Nikolai Rogozhin, Generaldirektor von Kaiserlich Russischem Ballett. Erfreut, Sie haben angenommen Einladung.«

»Die Freude ist ganz auf unserer Seite. Darf ich vorstellen – mein Freund und Kollege, Dr. Watson.«

Es folgte eine erneute Verbeugung des Russen. »Erfreut kennenzulernen. Gefällt Ihnen?«

Er setzte sich auf einen der freien Plätze.

»Ganz ausgezeichnet«, beeilte ich mich, eventuellen Äußerungen von Holmes zuvorzukommen.

Der Russe nickte zufrieden, zögerte einen Moment und sah dann meinen Freund durchdringend an.

»Auf ein Wort, Mr. Holmes, wie ist Gesundheit?«

»Da müssen Sie schon meinen Hausarzt fragen«, lächelte Holmes.

»Er befindet sich in bester Verfassung«, versicherte ich unaufgefordert in der Hoffnung, mein Freund würde in diesem Falle nichts gegen das Verletzen der ärztlichen Schweigepflicht haben.

Den Russen schien diese Information außerordentlich zu befriedigen.

»Kein Irrsinn in der Familie? Zucker? Asthma?«

»Wäre es indiskret zu fragen, was Sie mit diesem Verhör bezwekken?« kam mir Holmes diesmal zuvor.

»Nein! Madame Petrova hat Problem.«

»Könnten Sie das etwas präziser formulieren?«

»Nein!«

»Ein Techtelmechtel mit einem gekrönten Haupt? Kompromittierende Briefe? Erpressung?«

Unser Besucher schüttelte den Kopf. »Sehr delikat. Sehr viel delikat!«

Er stand auf.

»Nach Vorstellung gibt kleine Feier auf Bühne. Madame wünscht Ihre Anwesenheit!«

»Mit größtem Vergnügen«, dankte ich begeistert.

Der Russe musterte mich mit einem durchdringenden, aber undurchschaubaren Blick.

»Sie auch eingeladen!«
Mit diesen Worten verschwand er. Nur sein eigenartiges Parfum blieb als schwacher Duft zurück. Holmes starrte interessiert auf die Bühne.
»Ein kurioser Bursche, Holmes. Und diese Fragen!«
Holmes griff nach meinem Opernglas und richtete es auf die Petrova, während im Saal immer heftigere Ovationen aufbrandeten.
»Die Sache wird immer kurioser«, brummte mein Freund.

Nach der Vorstellung begaben wir uns voller Neugier hinunter auf die Bühne. Fast schien es, als sollte das Ballett hier eine Fortsetzung erfahren – wenn auch in leicht abgewandelter Form. Das Licht der Scheinwerfer fiel glitzernd und funkelnd auf schier unüberschaubare Reihen von Wodka- und Champagnerflaschen: die Hauptakteure der kommenden Ereignisse. Und auch auf ihr *Corps de ballet*, zahllose in Reih' und Glied ausgerichtete Kristallgläser und kostbare geschliffene Kelche, zerbrechlich und zart wie Ballerinas und nicht minder genüßliche Freuden verheißend. All dies flankiert von Silberplatten mit Kaviar und anderen Delikatessen, selbstverständlich silbernem Besteck und blütenweißen Servietten.
Tänzer und Tänzerinnen im Kostüm, Damen und Herren in Abendgarderobe und Bühnenarbeiter gaben sich ein zwangloses Stelldichein. Einige Musiker des Orchesters spielten auf ihren Balalaikas Zigeunerweisen. Die ganze Atmosphäre war geprägt von der freudigen Stimmung nach einer gelungenen Aufführung. Rogozhin eilte uns entgegen, mit einer Handbewegung gleichzeitig einen Kellner herbeiwinkend.
»Ah, Mr. Holmes! Madame Sie schon erwartet in Garderobe. In Zwischenzeit Sie werden sich amüsieren selbst, Dr. Watson. Alles da! Wodka, Kaviar, Girls!«
»O nein, danke!«
»Keine Girls?«
»Keinen Kaviar!«
Der Russe klatschte kurz in die Hände, und ehe ich wußte, wie mir geschah, war ich von einer Schar schnuckliger Schönheiten

umringt. Gleichzeitig wurden mir ein Glas Wodka in die linke und ein Glas Champagner in die rechte Hand gedrückt.
»Versteht eine der Damen Englisch?« erkundigte ich mich.
Das ›Njet!‹ kam sehr spontan – und sehr einstimmig.
»In diesem Falle«, rief ich entzückt aus, »brauche ich mir die Bemerkung nicht zu verkneifen, daß ihr alle ganz allerliebste Brüstchen und Popöchen habt – genau das, was mir der Onkel Doktor als Betthupferl verschrieben hat.«
Die jungen Damen schienen den Sinn meiner Worte aus meinem Gesichtsausdruck zu erraten, kicherten neckisch und zogen mich schließlich in eine andere Ecke der Bühne. Und nur noch aus dem Augenwinkel konnte ich feststellen, wie Rogozhin meinen Freund Sherlock Holmes in Richtung der Garderoben führte.
Es folgt nun ein nachgerade hochnotpeinlicher Abschnitt in meinen Aufzeichnungen, dessen beschämende Details mir von Sherlock Holmes mitgeteilt wurden. Mein Freund berichtete mir später unter vier Augen, was sich in der Garderobe zugetragen hatte, während ich mich – Schande über mein Haupt – mit den süßen Ballett-Damen amüsierte. Zu meinen Lebzeiten habe ich – wie schon erwähnt – diese schmerzlichen Ereignisse schweigend in meinem Herzen begraben. Ich erachte es jedoch für meine Pflicht als Biograph und Historiker, der Nachwelt auch diese Episode aus unserem gemeinsamen Leben zur Kenntnis zu bringen, die unsere Freundschaft auf eine so harte Probe stellte.

Persönlicher Bericht von Sherlock Holmes

Nachdem mein guter Watson von einer Meute kichernder Hupfdohlen, deren anatomische Vorzüge er mit der lasziven Lüsternheit eines alternden Satyrs britischen Gebluts begaffte, mit Beschlag belegt worden war, ließ ich mich von dem nach einem scheußlichen Badewasser müffelnden Rogozhin ins Schlepptau nehmen.
»Mr. Holmes«, flüsterte er vertraulich und in oftmals geradezu

grotesker Verballhornung meiner geschätzten Muttersprache, »muß vorbereiten Sie. Dies nicht gewöhnliches Fall!«
»Nur das Ungewöhnliche interessiert mich«, beruhigte ich ihn. »Ich gehe nur aus Liebe zur Kunst meiner Tätigkeit nach. Nachforschungen in Fällen, die nicht das Faszinosum des Ungewöhnlichen tragen, pflege ich abzulehnen.«
»Großartig!« rief der Russe aus und rieb sich die Hände. »Dies nicht gewöhnliches Fall! Nicht ungewöhnliches Fall! Ganz *außer*gewöhnliches Fall!!!«
Wir erreichten eine Türe, an die eine Karte mit den Lettern MADAME PETROVA geheftet war. Eine Zofe ließ uns ein und verschwand dann diskret – doch nicht schnell genug, um mir nicht die Möglichkeit zu gewähren, in ihren Augen das Aufblitzen eines schelmischen Lächelns zu bemerken, dem ich allerdings zunächst keine Bedeutung beimaß.
Die Garderobe der Prima-Ballerina war in sanftes Licht getaucht. Pastellfarbene Vorhänge und Volants, kostbare Spiegel und ein Meer von Blumen bildeten die illustre Kulisse für die russische Künstlerin, die in ihrem Schwanenkostüm auf einem Schemel vor dem Frisiertisch saß.
Mein Begleiter wechselte einige Worte mit ihr, die ich notgedrungen für eine Vorstellung meiner Person halten mußte. Des Russischen bin ich nämlich leider nicht mächtig.
Madame ihrerseits sprach kein Wort Englisch. Dafür aber sah sie mich mit einem Lächeln an, das wahrhaft keiner Worte bedurfte. Den Rest übersetzte Rogozhin.
»Madame Sie findet kleiner als gehofft«, erklärte er, nachdem ich die Ballerina mit Handkuß begrüßt hatte.
»Ich bedaure, diese Enttäuschung bereiten zu müssen«, beeilte ich mich zu versichern. Doch Madame Petrova unterbrach meine weiteren Ausführungen über das umgekehrt proportionale Verhältnis zu geistiger Größe.
»Madame meint, groß oder klein unwichtig. Wichtig ist Gehirn!«
Diese Bemerkung nötigte mir Respekt ab, und ich begann, die Petrova gewissermaßen mit anderen Augen zu sehen. Es dürfte hinlänglich bekannt sein, daß ich nicht gerade zu den Bewunderern des weiblichen Geschlechts zu rechnen bin. Doch in ihrer

Gegenwart wurde mir klar, warum die Männer sie umschwärmten wie Motten das Licht – und sich dabei nicht nur die Finger verbrannten!
»Madame gewaltige Verehrerin von Ihnen«, dolmetschte Rogozhin weiter. »Alle Bücher von Sie gelesen. Größte Bewunderung für *Der dicke Hund von Baskerville**.«
Graziös stand die Petrova nunmehr auf und verschwand hinter einer Spanischen Wand, nicht ohne mir vorher einen Blick zugeworfen zu haben, der mich blitzartig an jene zwölf Todesopfer erinnerte, von denen Watson berichtet hatte. Diese Erinnerung wurde alles andere als geschmälert durch die wenig diskrete Art, wie nach und nach oben auf besagter Spanischer Wand weibliche Kleidungsstücke unverkennbar intimen Charakters auftauchten, die unschwer den Schluß zuließen, daß Madame sich aus- beziehungsweise umzog.
»Sie fiedeln gerne, Mr. Holmes?« riß mich Rogozhin aus meinen Gedanken.
Leicht verwirrt richtete ich meine Blicke auf ihn und bemerkte, daß er einen Geigenkasten in der Hand hielt.
»Was halten Sie von dieser Fiedel?«
Er holte ein Instrument hervor, dessen Anblick mir den Atem raubte. Durch eines der Schallöcher warf ich einen Blick auf die Inschrift: ANTONIUS STRADIVARIUS CREMONENSIS, FACIEBAT ANNO 1709.
Schließlich zupfte ich noch leicht eine Saite an.
»Authentisch! Eine echte Stradivari aus der besten Epoche des Meisters!«
Meine Äußerung schien ihn zu befriedigen.
»Gefällt Ihnen?« wollte er listig wissen.
»Ein einzigartiges Stück!«
Die Stimme der Petrova war plötzlich wieder – für mich unverständlich – hinter der Spanischen Wand zu vernehmen.
»Madame sagt«, übersetzte Rogozhin pflichteifrigst, »Fiedel gehört Ihnen!«

* Wieder mal typisch Watson – oder geht dies auf Holmes' Kappe?! *Der Hund von Baskerville* erschien erst 1902, also 17 Jahre nach den hier geschilderten Ereignissen. In Rußland erschien dieser Roman notabene noch viel später!

»Mir?« fragte ich erstaunt.
»Für noch zu leistendes Gegendienst!«
»Ich habe feste Honorar-Sätze! Von diesen Honorar-Sätzen gehe ich nur in den Fällen herunter, wo ich bestimmte Aufgaben ganz ohne Honorar übernehme«, erklärte ich. »Dieser Fall allerdings dürfte eine gewisse Ausnahme rechtfertigen«, fügte ich hinzu, da meine Worte ihn bitter zu enttäuschen schienen und er bereits Anstalten machte, die Stradivari wieder wegzustecken.
Meine Einschränkung machte ihn jedoch wieder ziemlich fröhlich, und er rieb sich die Hände, während Madame hinter der Spanischen Wand auftauchte. Sie trug einen brokatenen Frisiermantel – und darunter offensichtlich nur sich selbst! Mit verführerischem Lächeln ließ sie sich auf eine Chaiselongue à la Recamier gleiten.
»Werde Wodka einschenken und Erklärung geben«, murmelte Rogozhin mit belegter Stimme.
Er goß drei Gläser mit einer rosaroten Flüssigkeit voll. Eisgekühlt.
»Mr. Holmes«, eröffnete er mir dabei, »Sie hatten Ehre, Abschiedsvorstellung von Madame zu sehen. Sie zieht sich von Bühne zurück!«
»Welch ein Jammer«, rief ich bestürzt aus.
»Sie hat getanzt seit drittem Lebensjahr. Da sie nun achtunddreißig ist ...«
»Das sieht man ihr nicht an«, unterbrach ich höflich.
»Kommt daher, daß sie schon sechsundvierzig Jahre ist«, raunte mir Rogozhin leise zu und überreichte dann der Petrova ihr Glas mit einem schmalzigen Lächeln. »Madame hat beschlossen«, fuhr er dann fort, »Ballett aufzugeben und Rest des Lebens zu verbringen damit, ihr Kind großzuziehen.«
»Allen Respekt!«
»Problem ist jetzt, den Vater aufzutreiben.«
»Geht Ihnen der Herr ab?«
»Trifft Kern von Problem.«
»Und aus diesem Grunde gedenken Sie meine Dienste in Anspruch zu nehmen?«

»Trifft ebenfalls Kern von Problem! Wir brauchen Vater! Denn wie soll es Kind geben, wenn kein Vater da?«
»Ich verstehe«, antwortete ich jetzt etwas bedächtiger. »Die Angelegenheit befindet sich sozusagen noch im Projektstadium!«
»Auch das trifft Kern von Problem! Madame wünscht, hochbegabtes und bildschönes Kind zu bekommen. Madame selber bildschön! Wir nur noch brauchen hochbegabten Mann!«
Er lächelte der Petrova zu. Sie verstand kein Wort von dem, was wir sprachen – aber sie schien zu begreifen, daß wir nun zum ›Kern des Problems‹ gekommen waren. Ihre großen, schwarzen Augen musterten mich durchdringend. Und dann kippte sie in einem Zug den Wodka hinunter. Das Zusammenklatschen zweier Mandeln neben mir verdeutlichte mir akustisch, daß auch Rogozhin sein Glas geleert hatte. Auch ich nahm also einen Schluck – und hatte unvermittelt das Gefühl, unter die Feuerschlucker gegangen zu sein. Meine Zunge schien in Flammen zu stehen, glutige Dämpfe stiegen in meine Stirnhöhle und Nase und Augen fingen an zu wässern.
»Was ist das?« keuchte ich.
»Roter Pfeffer!« Rogozhin füllte die Gläser nach.
»Madame wünscht zu wissen, wann Sie bereit sind«, kam er dann wieder zum Thema zurück.
»Wozu bereit?«
»Für Reise nach Venedig. Alles schon arrangiert. Sie werden dort eine Woche mit Madame verbringen . . .«
»Schön und gut«, unterbrach ich ihn. »Klingt ja alles ungeheuer schmeichelhaft. Aber es kommen doch sicher auch noch andere Herren in Betracht? Geeignetere Herren!«
»Sie sollen ganze Wahrheit wissen«, erklärte er mir. »Sie sind nicht erster Auserwählter! Wir bereits hatten unseren russischen Schriftsteller Leo Nikolayevich Tolstoi in Betracht gezogen.«
»Ein Genie!«
»Fast schon ein Sechziger. Gemessen an unseren Idealvorstellungen zu alt. Nächstes Kandidat war Philosoph Nietzsche.«
»Ein großer Denker!«
»Zu deutsch. Dann dachten wir an Piotr Ilyich Tschaikowsky. Leider Katastrophe!«

»Inwiefern?«
»Peinlich, peinlich! Getrübtes Verhältnis zu weiblichem Geschlecht – Frauen nicht sein Wodka, Sie verstehen?«
»In der Tat sehr peinlich«, pflichtete ich bei.
Madame Petrova meldete sich nun mit einem mir unverständlichen Wortschwall zu Wort. Dabei strahlte sie mich an, und nur mit einer vorsichtigen Rückwärtsbewegung konnte ich verhindern, daß sie mich in ihre Arme zog.
»Madame sehr glücklich! Endlich Auserwählten gefunden«, dolmetschte der Generaldirektor Rogozhin.
»Madame soll nichts überhasten! Sie sollte der Tatsache Rechnung tragen, daß ich Engländer bin!«
»Und?«
»Sie werden wissen, was uns Engländern nachgesagt wird. Wir sind nicht nur in der Küche Versager – auch als Liebhaber stehen wir nur schwer unseren Mann. Außerdem kann man uns nicht gerade als romantisch bezeichnen.«
»Das ist vorzüglich! Wir können nicht brauchen sentimentalen Idioten, der vielleicht sich verliebt und begeht Selbstmord, wenn alles vorbei. Eine Woche Venedig, Sie gehen zurück mit Stradivari nach London, Madame mit Baby nach Rußland!«
Madame schien zu merken, daß Rogozhin nunmehr alle Karten auf den Tisch gelegt hatte. Sie nickte freudig mit ihrem Kopf und rief dazu in russischer Sprache etwas aus, was ich zu meinem äußersten Bedauern nur phonetisch mit ›Hatschitschi nippitschni ritschnitschipratschuruhu hubtschi – Alexei nowgordniskitschi ili Svetlana!‹ wiederzugeben in der Lage bin!
»Alexei wenn Junge – Svetlana wenn Mädchen«, übersetzte Rogozhin, erneut ein Glas Feuerwasser hinunterschüttend.
»Svetlana Holmes«, murmelte ich leise vor mich hin und mußte mir gestehen, daß darin ein gewisser Wohlklang lag. Ich riß mich jedoch sofort wieder zusammen.
»Mr. Rogozhin«, erklärte ich mit fester Stimme, »der Augenblick ist gekommen, Ihnen die volle Wahrheit zu sagen! In meiner Familie ist die gefährliche Bluterkrankheit erblich!«
Rogozhin übersetzte meine Worte – Madames Antwort schien ihn jedoch zu beruhigen.

»Madame meint, keine Sorge. Sie wird nicht kratzen!«
»Sehr erfreulich, gab ich zu, »jedoch . . .«
Ein neuer Wortschwall der Petrova zeigte mir an, daß Madame ungehalten zu werden begann.
»Madame findet, Sie zuviel reden«, erklärte mir der Russe mit besorgtem Gesichtsausdruck. »Sie finden Sie attraktiv oder nicht?«
Bevor ich hierauf eine Antwort geben konnte, klopfte es an die Tür. Sie öffnete sich, und das rote, weinselige Gesicht meines guten, alten Watson tauchte auf. Im Hintergrund war Zigeunermusik zu vernehmen. Watson grinste albern, und seine Augen waren glasig. Sein Haar war zerzaust, und hinter seinem linken Ohr steckte eine Blume.
»Tschuhu-huldigung«, lallte er. »W-was heißt pro-prokaznik?«
»Heißt ›Kleines Schlingel‹«, erklärte Rogozhin lächelnd.
»D-danke schö-hön«, stotterte mein Freund und verschwand wieder.
Für ein großes Licht habe ich ihn eigentlich nie gehalten. Mitunter aber gab er mir gerade durch seine Art einfaltspinseligen Verhaltens entscheidende Erleuchtungen. So auch in diesem Fall.
»Ob ich Madame für attraktiv halte?« nahm ich Rogozhins Frage wieder auf. »Sie ist eine faszinierende Erscheinung – als Frau!«
»Dann also kein Problem!«
»Gewissermaßen doch«, widersprach ich. Dabei bemühte ich mich, geziert zu wirken. »Sie müssen wissen, ich bin nicht mehr – frei!«
»Sie doch Junggeselle!«
»Nun ja, eben! Ein Junggeselle, der – verzeihen Sie – seit fünf Jahren mit einem anderen Junggesellen zusammenlebt. Es waren fünf sehr *glückliche* Jahre!«
»Was Sie wollen sagen damit?« knurrte Rogozhin, und seine Augenbrauen zogen sich unheilvoll zusammen.
»Ich hatte gehofft«, flüsterte ich, »dieses Thema umgehen zu können!« Ich hielt kurz angestrengt die Luft an in der Hoffnung, dadurch den Eindruck des Errötens produzieren zu können. »Eine Laune der Mutter Natur bewirkt, daß Tschaikowsky kein Einzelfall ist!«

Ich senkte den Kopf.
»Wollen sagen, Sie mit Dr. Watson . . .«, fauchte mich Rogozhin an, ohne seine Frage auszusprechen.
Ich nickte bestätigend, dabei mit gespielter Überwindung seine Augen suchend. »Es ist nicht länger zu leugnen«, hauchte ich.
Madame schien den Inhalt unserer Konversation zu begreifen. Sie ließ ein Donnerwetter vom Stapel und knallte ihr Wodka-Glas wütend gegen die Wand.
»Madame«, beeilte ich mich, weiteren Zornesausbrüchen und etwaigen Tätlichkeiten zuvorzukommen, »der Verlust ist ganz auf meiner Seite! Ich ziehe es jedoch vor, Ihnen diese Enttäuschung nicht erst in einer Gondel auf dem Canale Grande zu bereiten!«
Dann verbeugte ich mich, drückte meine Lippen auf ihre Hand, die nach rotem Pfeffer und Wodka schmeckte, und verließ die Garderobe.

Soweit Holmes' persönlicher Bericht, den ich nur aus bedingungsloser Ehrfurcht vor der historischen Wahrheit nicht der läuternden Glut der Flammen überantworte!
Was aber war geschehen, während Sherlock Holmes sich gegen das Ansinnen der russischen Ballerina zur Wehr setzen mußte? Meine entzückenden Begleiterinnen hatten mich in eine Ecke der Bühne bugsiert und dort gehörig mit Champagner und Wodka traktiert, die meine Sinne benebelten. Zu Zigeunermusik und rhythmischem Händeklatschen tanzte ich abwechselnd mit jeder der äußerst reizvollen jungen Damen. Eine von ihnen schwang ich dabei sogar in die Höhe in der Art, wie es im Ballett üblich ist – und ich erntete nicht unbeträchtlichen Beifall bis zu jenem Augenblick, wo ich, bedingt durch den Alkoholgenuß, stolperte und mit meiner Partnerin zu Boden fiel.
»Watson!« hörte ich in diesem Moment eine wohlbekannte Stimme.
Doch Raum und Zeit hatten für mich ihre Bedeutung verloren. Wie ein Besessener hatte ich getanzt und getrunken, getrunken und getanzt und mich sogar im *Gopak* und *Krakowiak* versucht. Wie lange? Ich kann es nicht sagen!

Nach dem Sturz war ich eng umschlungen mit meiner Partnerin fast bis zum Orchestergraben gerollt. Hilfreiche Arme streckten sich uns entgegen, halfen uns wieder auf die Beine, rings um uns Fröhlichkeit und Gelächter – und wieder bekam ich in jede Hand ein randvolles Glas gedrückt. Wodka und Champagner!
»Watson!« drang die mir wohlbekannte Stimme erneut durch den wirbelnden Trubel an mein Ohr.
Ich hatte schon wieder eine neue Partnerin im Arm und drehte mich mit ihr in rasendem Tanz.
»Was ist los?« rief ich der Stimme zu, ohne dabei aus dem Takt zu kommen.
»Wir gehen heim!« vernahm ich nun Holmes' Stimme dicht neben mir.
»Heim?« kicherte ich verrückt und meiner klaren Sinne längst nicht mehr mächtig. »Sie irren! Irren gewaltig! Nicht im Traum denke ich daran!«
Ich warf ihm ein freches, verwegenes Kußhändchen zu. Und mir bricht fast das Herz, wenn ich hier und heute jenes Abschiedswort niederschreibe, das ich meinem guten Freund in dieser Umgebung zurief:
»Toodle-oo*!«
Ich konnte noch beobachten, wie Holmes durch eine Türe verschwand. Dann zog mich der wilde Tanz wieder voll in seinen Bann. In immer kürzeren Abständen wechselten meine Partnerinnen. Verständlich – denn mein entfesseltes Temperament war kaum mehr zu bremsen.
Trotzdem gewahrte ich plötzlich Rogozhin, der mich vom Rande der Bühne her mit einem Gesichtsausdruck beobachtete, der mich irgendwie sehr unangenehm berührte. Er unterhielt sich dabei mit Tänzern, Tänzerinnen und Musikern, und ich spürte, wie sich immer mehr Augen neugierig auf mich richteten. Allerdings schob ich dies zu jenem Zeitpunkt noch der Tatsache zu, daß ich mich als steifer Englander in bewundernswerter Kondition den Ballett-Profis ebenbürtig zeigte.

* Es wird für Philologen von Interesse sein zu erfahren, daß wohl offenkundig Dr. Watson diesen Ausdruck geprägt hat, den man bislang als amerikanischen Ursprungs (um 1905) erachtete.

Immer furioser wurde die Musik der Balalaikas. Ich war wie in einem Rausch. Immer schneller wechselten meine Partnerinnen. Und plötzlich hielt ich zu meinem grenzenlosen Erstaunen zwei lächelnde Jünglinge mit flachsgelben Locken im Arm. Ich hielt dies jedoch für den höchsten Tribut, den man meiner Ausdauer und tänzerischen Leistung zu zollen gedachte. Ich wuchs schier über mich hinaus und wirbelte mit ständig wechselnden männlichen Partnern über die Bühne – bis ich wieder hinüber zu Rogozhin sah, der mit den Ballerinas am Büfett stand. Meine kleinen Freundinnen machten keinerlei Anstalten, wieder mit mir zu tanzen! Sie schienen mich mit eisigen Blicken eher zu mustern wie ein Stück aus dem Raritäten-Kabinett!

Dies ernüchterte mich. Ich riß mich von meinen Tanzpartnern los und steuerte das Büfett an.

»Was ist los?« fragte ich geradeheraus – dabei jedoch mühsam nach Luft ringend, da ich mich stark verausgabt hatte. »Sind die Mädchen schon müde?«

Rogozhin zog verwundert eine Augenbraue hoch. »Sie haben nicht lieber, wie jetzt ist?«

»Wie was ist?« wollte ich erstaunt wissen.

»Sie brauchen nicht schauspielen«, lächelte er schleimig. »Mr. Holmes hat alles aufgeklärt!«

»Ich verstehe nicht . . .«

»Alles über Sie – und ihn!«

»??????«

»Schon gut, mein Freund! Nicht nötig zu schämen! Wir keine Spießer! Vielleicht nicht üblich bei Ärzten und Detektiven. Aber bei Ballett sehr üblich!«

Mir hatte es kurz die Sprache verschlagen. *»Üblich?«* kam es mir jetzt verwirrt über die Lippen.

Rogozhin deutete zur Bühne, wo die Jünglinge jetzt begeistert miteinander tanzten.

»Laune von Mutter Natur! Aber alle *so* glücklich – Pavel und Mischa, Boris und Dmitri, Ilja und Sergei . . .!«

Ich wankte wie vom Blitz getroffen! Alles drehte sich um mich – einen Moment lang fürchtete ich, den Verstand zu verlieren. Plötzlich fiel es mir wie Schuppen von den Augen! Rogozhins lüstern-boshafter Gesichtsausdruck, die eiskalten Blicke meiner süßen Freundinnen, das süße Lächeln der tanzenden Flatterbolde – ich stürzte wie von Furien gejagt aus dem Theater und in eine Droschke, deren Kutscher ich zu höchster Eile antrieb.

Trotz der bemerkenswerten Menge Wodka und Champagner, die ich zu mir genommen hatte, nahm ich in der Baker Street 221 B je zwei Stufen auf einmal – mit Ausnahme natürlich der siebzehnten Stufe! Ich stürmte ins Wohnzimmer. Aus Holmes Lehnsessel stieg Tabakqualm auf. Ich war nicht länger in der Lage, meinen Zorn zu bändigen.

»Holmes! Sie niederträchtiger Lump!« brüllte ich. »Das ist die schändlichste Tat Ihres Lebens! Ich verlange eine sofortige Erklärung!«

Er würdigte mich keiner Antwort. Nur über der Rückenlehne seines Sessels stiegen vergnügte kleine Rauchwölkchen auf. Meine Wut und Verbitterung kannten keine Grenzen mehr – ich schleuderte mit aller Wucht mein Opernglas in seine Richtung. Es traf die Lehne mit voller Wucht – dann war ein klapperndes Geräusch zu vernehmen, und Holmes' Pfeife fiel seitlich vom Sessel zu Boden, wobei sie glühende Asche auf dem Fußboden verstreute.

»Holmes!« rief ich bestürzt aus und rannte zum Sessel. »Sind Sie verletzt?«

»Danke der Nachfrage, mein lieber Watson, mir fehlt nichts«, hörte ich hinter mir seine ironische Stimme. Ich fuhr herum. Er stand in einer Ecke des Zimmers und bediente lächelnd das Pedal der Rauch-Maschine, die seine Pfeife im Ohrensessel in Brand gehalten hatte. Fassungslos registrierte ich, auf welches Täuschungsmanöver ich hereingefallen war.

»Der Klang Ihrer Schritte erlaubte mir den Schluß, daß es mit Ihrer momentanen Gemütsverfassung nicht zum besten bestellt ist«, dozierte er in aller Seelenruhe. Zum ersten Mal in meinem Leben verspürte ich Mordgelüste.

»Wie konnten Sie es wagen!« brach es aus mir hervor. »Was haben Sie sich dabei gedacht?«

Holmes bückte sich nach seiner Pfeife und trat Reste der Glut auf dem Teppich aus. »Mein lieber Watson«, bat er mich gleichzeitig, »ich kann Ihre Entschuldigung nicht erwarten – nur erhoffen! Vergessen können Sie wohl nie – aber vielleicht verzeihen? Ich sah mich von einer Wahnsinnigen bedrängt. Mir fiel kein anderer Ausweg ein, ihr zu entgehen, ohne ihre Gefühle zu verletzen!«

»Und meine Gefühle? Von meinem guten, untadeligen Ruf will ich gar nicht erst reden! Wissen Sie eigentlich, welchen nichtswürdigen Verbrechens Sie sich schuldig gemacht haben? Welche Folgen das nach sich ziehen kann?«

»Vielleicht klatscht man in St. Petersburg ein wenig darüber«, meinte er achselzuckend.

»Davon spreche ich nicht. Ich meine mein Leben *hier*! Derartige Gerüchte verbreiten sich wie ein Lauffeuer. Ich bin gesellschaftlich ruiniert! Unausdenkbar, was geschähe, wenn meine ehemaligen Regimentskameraden jemals davon erfahren sollten . . .«

»Papperlapapp!«

»Sie kennen das Fünfte Regiment der Northumberland Fusiliers nicht! Mein Name würde gelöscht in den Listen! Ich würde meine Rente verlieren!«

»Sie übernehmen sich, mein lieber Watson!«

»Entehrt! In Ungnade gefallen! Geächtet! Was soll ich nur tun?«

»Nun, für den Anfang würde ich vorschlagen, daß Sie erst einmal die Garnierung hinter Ihrem Ohr entfernen!«

Ich schleuderte Holmes die Blume vor die Füße. »Sie machen sich lustig über mich – aber vielleicht darf ich Sie daran erinnern, daß wir nunmehr im gleichen Boot sitzen! Wir müssen Maßnahmen ergreifen, den Gerüchten die Stirne zu bieten! Selbstverständlich dürfen wir keinen Tag länger unter einem Dach leben – unsere Wege müssen sich trennen!«

»Jedoch könnten wir uns nach wie vor heimlich treffen«, entgegnete er leichthin in jener Art, die er sich für jene Gelegenheiten vorbehielt, in welchen er beabsichtigte, mich zur Weißglut zu bringen. »Ich würde in solchen Fällen zu entlegenen Bänken im Hyde Park oder zu Bedürfnisanstalten etlicher Vorortbahnhöfe raten!«

»Irrsinn!« rief ich aus, denn meine Entrüstung hatte sich mittler-

weile von Holmes' Person abgewandt und sich auf die imaginäre Legion von Lästermäulern konzentriert. »Wir haben nichts zu verbergen!«
»Sie scheinen zur Vernunft zu kommen.«
»Wir werden gerichtlich gegen alle vorgehen, die das Gerücht verbreiten.«
»Niemand wird das Gerücht verbreiten! Sie sind nicht nur zu beneiden um Ihren Ruf beim zarten Geschlecht – Ihre gedruckten Angebereien haben auch dazu geführt, Ihre einschlägigen Erfolge weltbekannt zu machen!«
»Ich muß gestehen«, lächelte ich bescheiden, »daß Damen dreier Kontinente jederzeit bereit wären, für mich zu bürgen! Und ich zweifle nicht daran, daß auch Sie einem hohen Gericht zweifelsfreie Beweise zu Ihren Gunsten vorlegen könnten!«
Er gab darauf keine Antwort und ging auf sein Zimmer zu. »Gute Nacht, mein lieber Watson!«
Erstaunt und beunruhigt, daß er auf meine Bemerkung nicht reagierte, verstellte ich ihm den Weg.
»Warten Sie, Holmes! Könnten Sie solche Beweise liefern? Es ist gewiß nicht meine Art, in das Privatleben meiner Mitmenschen zu dringen – aber die Angelegenheit gebietet eine Ausnahme von der Regel! Wir haben schließlich der Möglichkeit mutig ins Auge zu blicken, eines Tages gerichtlich gegen jene vorgehen zu müssen, die unseren guten Ruf und Namen mit Schmutz besudeln! Verzeihen Sie mir daher die Anmaßung – hat es in Ihrem Leben Frauen gegeben, ja oder nein?«
Einen Moment lang sah er mich durchdringend an.
»Die Antwort lautet *Ja* – und Ihre Anmaßung will ich Ihnen diesmal noch verzeihen!«
Dann schob er mich sanft zur Seite und verschwand in seinem Schlafzimmer. Und er ließ mich einmal mehr zurück in tiefe Gedanken versunken über das rätselhafte Phänomen Sherlock Holmes.

Am nächsten Tag beim Frühstück vermieden wir es, über die Vorgänge der letzten Nacht zu sprechen. Holmes köpfte gerade sein fünftes Ei, als es an der Türe klopfte.

»Wer in aller Welt mag das sein?« krächzte ich neugierig, wobei ich mich gleichzeitig bemühte, den Kater in meinem Kopf unter Kontrolle zu bringen.
»Es ist Mr. Rogozhin, der Generaldirektor des Kaiserlich Russischen Balletts«, antwortete mein Freund, ohne lange nachzudenken. »Er trägt in der rechten Hand einen Geigenkasten und in der linken Hand einen Blumenstrauß!«
»Holmes, bei allen guten Geistern, wie kommen Sie darauf?«
»*Elementary*, mein lieber Watson! Er hat die Türe geöffnet und steht hinter Ihnen!«
Vorsichtig und darauf bedacht, meinen armen Kopf nicht zu überanstrengen, wandte ich mich um.
Rogozhin stand tatsächlich hinter mir.
»Sie liefen so schnell davon, Mr. Holmes«, lächelte er schmierig, »daß Sie Madame Petrovas Geschenk vergaßen!«
Er legte den Geigenkasten auf den Tisch.
»Ich habe es nicht vergessen, weil ich es nicht verdient habe!«
»Tschaikowsky auch versagt«, grinste Rogozhin. »Madame hat trotzdem großen Flügel geschenkt!«
Holmes öffnete lächelnd den Kasten, und ich beugte mich vor, um einen Blick auf das kostbare Instrument zu werfen – eine Stradivari!
»Nehmen Sie es an«, drängte ich eifrig. Ich hoffte, diese Geige würde ihm mitunter über Zeiten der Langeweile hinweghelfen und ihn befreien von seiner dekadenten Drogen-Sucht. Zu meiner Erleichterung nickte er einwilligend.
»Betrachten Sie mich als überwältigt! Ich bitte um Übermittlung meines ergebensten Dankes an . . .«
»Madame leider nicht mehr erreichbar«, grinste Rogozhin boshaft. »Schon unterwegs nach Venedig. Trifft dort berühmtes französisches Bildermaler. Kennengelernt voriges Jahr in Paris, im ›Moulin Rouge‹. Hoffen nur, Kind wird normale Größe haben!«
Während Holmes verzückt die Stradivari betrachtete, beschäftigte sich mein schmerzender Kopf kurz mit dem von mir tief verehrten Toulouse-Lautrec, der nun in der italienischen Lagunen-Stadt jene Aufgaben zu erfüllen hatte, die mein Freund so

standhaft abgelehnt hatte. Doch ich kam nicht weit mit meinen Überlegungen.
»Das ist für Sie«, erklärte Rogozhin und drückte mir den Blumenstrauß in die Hand. Dabei nahm sein Gesicht den Ausdruck eines Politikers an, der sich anschickt, das Baby eines Wählers zu küssen.
»Für mich?« wunderte ich mich. »Madame Petrova ist zu gütig.«
Rogozhin warf einen Blick auf Holmes, der ganz mit seiner Stradivari beschäftigt war. »Kommt nicht von Madame«, flüsterte er mir sodann vertraulich zu. »Treffen uns in Savoy-Grill um acht Uhr, gut? Und bitte schicken Sie nicht Haushälterin«, fügte er mit seinem ekelhaften Grinsen hinzu.
Damit verließ er uns. Ich war wie gelähmt, ja geradezu abgestorben. Welten brachen in mir zusammen. Meine Empörung wuchs ins Unermeßliche. In gewaltigen Wort-Tiraden brach sich die in mir aufgestaute Erregung Bahn. Und erst die zarten, zauberhaften Klänge, die mein Freund Holmes mit geschlossenen Augen seinem Instrument entlockte, gaben mir nach und nach den inneren Seelenfrieden wieder. Bis ich schließlich ruhig und abgeklärt den Tschaikowsky-Melodien lauschte, die jener Stradivari entströmten, über deren Herkunft ich bislang – ich gestehe es ein – meinen geneigten Lesern nichts als die Unwahrheit berichtet habe!

VIERTES KAPITEL

Die schöne Unbekannte aus der Themse

Der Augenblick ist nun gekommen, den Schleier von einer der intimsten und delikatesten Episoden im Privatleben meines Freundes Sherlock Holmes zu lüften. Es handelt sich, meines Wissens, um die einzige Beziehung, die er je in seinem Leben zu einer Frau hatte – wenn ich einmal die skandalöse Affäre mit Miss Irene Adler übergehe, für die ich die Bezeichnung ›Beziehung‹ stets vermieden habe, wenn ich meinen geneigten Lesern in früheren Veröffentlichungen darüber berichtete. Mag man mich sensationslüsterner Effekt-Hascherei bezichtigen – mich ficht es nicht an! Bei diesen Enthüllungen handele ich lediglich als Freund und Biograph, der sich der historischen Wahrheit verpflichtet fühlt. Mag dies auch eine schmerzliche Pflicht sein – ich kann nicht anders! Es gilt, der Nachwelt ein lückenloses Bild der Persönlichkeit meines geliebten und geschätzten Freundes Sherlock Holmes zu vermitteln!

Es war der Abend des 17. April 1888. Dieser Tag wird mir ewig unvergeßlich bleiben. Unser berühmt-berüchtigter Nebel kroch träge durch die Straßen und machte einmal mehr verständlich, warum wir Engländer an Spuk und Gespenster glauben.

Ich saß in der Nähe des Kamins, vertieft in die Lektüre des *Evening Standard*. Holmes hatte sich auf die Chaiselongue gelegt und spielte auf seiner Stradivari – eine körperliche und technische Leistung übrigens, die mir immer wieder Hochachtung abnötigte. Man sollte diese Methode jenen Virtuosen wärmstens empfehlen, die ihr Auditorium durch Umherwandern und diverse Verrenkungen von der Musik abzulenken pflegen!

Von Menschen und Weltgetriebe durch die undurchdringliche Nebelnacht getrennt, fühlten wir uns wie die Bewohner einer kleinen, behaglichen Welt, in der das Knistern des Feuers, das

leise Zischen des Gaslichts, das gelegentliche Rascheln meiner Zeitung und die seelenvollen Töne der Stradivari die einzigen Geräusche waren.
Ich war es, der schließlich diese friedvolle Atmosphäre störte.
»Dummes Zeug«, entfuhr es mir plötzlich, und wütend warf ich die Zeitung auf den Teppich.
»Sie irren«, ließ sich darauf Holmes vernehmen. »Thema mit Variationen von Corelli!«
»Unvorstellbar«, überging ich diese Bemerkung, »daß ein seriöses Blatt sich nicht entblödet, neuerlich hirnverbrannten Unsinn über das Ungeheuer von Loch Ness zu drucken!«
»Ach – hat man es wieder gesehen?«
»In diesem Monat bereits zum dritten Mal – wenn man den Schreiberlingen Glauben schenken will. Es werden sogar Beschreibungen geliefert! Es soll einen langen Hals, einen Buckel und einen etwa sechs Meter langen Schwanz besitzen!«
»Ergo eine Kreuzung von Aal und Kamel«, sinnierte Holmes und kehrte zu seinen musikalischen Variationen zurück.
»Und wie erklären Sie den Rauch, den das Biest angeblich durch die Nüstern ausstößt?«
»Es dürfte sich vermutlich um ein männliches Exemplar handeln, das – in Leidenschaft entbrannt – auf der Suche nach weiblicher Gesellschaft den Tiefen entstiegen ist!«
»Ich glaube eher«, lachte ich, »daß es das Ergebnis übermäßigen Genusses von schottischem Whisky ist.«
Wir plauderten noch eine Weile über dieses Thema – heiter, gelöst und unbelastet durch den Ernst einer etwa damit in Zusammenhang stehenden Untersuchung. Einfach nur so!
Im Verlaufe dieser Unterhaltung war ich ans Fenster getreten und hatte die Vorhänge aufgezogen. Ich sah hinaus.
»Wie geschaffen für einen Mord, diese Nacht«, meinte ich.
»Oder für Rheumatismus«, fügte ich hinzu, dieweil mich ein Schmerz in der rechten* Hinterbacke durchzuckte.
In diesem Augenblick klopfte es an die Türe, und Mrs. Hudson

* Es könnte allerdings auch meine linke Hinterbacke gewesen sein. Ich schreibe die vorliegende Passage ohne irgendwelche Unterlagen frei nach dem Gedächtnis nieder!

trat ein, in einen Morgenmantel gehüllt und mit einer Nachthaube auf dem Kopf.
»Dieser Droschkenkutscher hier behauptet, daß Sie ihm zweieinhalb Shilling schulden.«
»Und wofür bitte?« fragte ich erstaunt und musterte den jungen Mann, der hinter Mrs. Hudson stand.
»Fahrgeld, Chef«, erklärte der Kutscher, der nach Dialekt und Physiognomie unschwer dem Londoner East End zuzuordnen war.
»Aber ich schulde Ihnen kein Fahrgeld!«
»Nicht Sie, Chef. Die junge Dame hier – sie hat keinen Penny bei sich.«
Jetzt erst bemerkte ich hinter dem Kutscher eine Frau, deren nasse Haare in ein todblasses Gesicht fielen. Krampfhaft hielt sie eine Pferdedecke fest, die sie sich um die gebeugten Schultern gelegt hatte. Ihr Alter war ungefähr auf dreißig Jahre zu schätzen. An der Schläfe blutete eine frische Platzwunde. Weiterhin fiel mir noch auf, daß sie einen Ehering trug – dafür aber nur einen Schuh.
»Was ist geschehen«, fragte ich.
Sie richtete ihre wunderschönen Augen auf mich. »Ich – ich weiß nicht«, flüsterte sie.
Ihr fremdländischer Akzent war unverkennbar.
»Sie sagt immer nur, ›ich weiß nicht‹«, meldete sich jetzt wieder der Kutscher zu Wort.
»Wo kommt sie her?«
»Aus der Themse! Ich fuhr gerade die Uferstraße unterhalb der Westminster Bridge entlang – da hörte ich einen Schrei. Ich sah natürlich sofort nach. Und da hab ich sie gesehen, im Wasser – war fast am Ertrinken!«
»Allmächtiger Gott«, flüsterte Mrs. Hudson.
»War gar nicht so leicht, sie rauszuholen, Chef. Das saukalte Wasser, alles dunkel – und sie hat sich dauernd gewehrt!«
Jetzt erst unterbrach Holmes nach einem flinken Arpeggio sein Geigenspiel. »Und warum haben Sie die junge Dame zu uns gebracht?« schaltete er sich nunmehr ein.
»Weil sie das hier in der zusammengeballten Hand hielt«, er-

klärte der Kutscher und zeigte ein Stück Papier vor, auf dem unzweifelhaft unsere Adresse stand.
»Was wollen Sie bei uns?« drang Holmes in die junge Frau, die mit abwesendem Blick ins Zimmer starrte.
»Ich – ich weiß nicht.«
»Was sollen wir tun?« wandte ich mich an meinen Freund.
Der Kutscher trat unruhig von einem Fuß auf den anderen.
»Gentlemen, wenn Sie sie haben wollen – für zweieinhalb Shilling lasse ich sie hier. Oder soll ich sie zurück zur Themse bringen?« fragte er mit einem Anflug von Cockney-Humor.
»Wir sollten die Annahme nicht verweigern«, entschied Holmes und entlohnte den Kutscher für seine Dienste, der dankend mit seiner Pferdedecke wieder hinaus in die Nacht ging.
»Sie zittern ja«, bemerkte ich, als ich unsere Besucherin behutsam zu meinem Sessel am wärmenden Kamin führte. »Kommen Sie! Sie müssen erst einmal Ihre nassen Sachen ausziehen!«
»Ich bringe sofort heißen Tee«, rief Mrs. Hudson und verschwand in Richtung Küche.
Vorsichtig ließ ich das klatschnasse und bibbernde Geschöpf in den Sessel gleiten und begann sofort, ihre eiskalten Gelenke zu massieren, um den Kreislauf wieder zu beleben.
Dabei fiel mir auf, daß ihre Kleidung nicht nur durchnäßt, sondern auch zerrissen war. Das Mieder stand halb offen und entblößte ihre schöne Brust, über die ihr langes, blondes Haar fiel, das sich aus einer sicher vorher kunstvoll hochgesteckten Frisur gelöst hatte. Ihre Augen flatterten und verrieten Unruhe, Verängstigung – ja, panische Furcht!
»Sie steht unter einem schweren Schock und befindet sich im Zustand hochgradiger Erschöpfung«, ließ ich Holmes wissen, der sich angelegentlich mit dem feuchten Papier oder – besser gesagt – Pappe beschäftigte, auf dem unsere Adresse notiert stand.
»Mit einem weichen Bleistift geschrieben«, analysierte er. »Auf der Rückseite stand etwas in blauer Farbe gedruckt, die jedoch vom Wasser verwischt worden ist!«
Ich widmete nunmehr meine Aufmerksamkeit der Platzwunde, die unsere Besucherin an der Schläfe hatte.

»Sehen Sie sich das an, Holmes! Sie muß einen scheußlichen Schlag erhalten haben.«
»Es wäre jedoch auch denkbar, daß sie sich verletzte, als sie in den Fluß sprang – oder fiel!«
»Ich kann mich dieser Theorie nicht anschließen, Holmes! Zu diesem Zeitpunkt war das Blut bereits teilweise geronnen. Es wurde ihr mit voller Absicht ein Schlag versetzt – wir stehen hier möglicherweise vor einem Fall von Mordversuch. Bitte, meine Tasche!«
Holmes reichte sie mir und kniete an meiner Seite nieder. Wieder schlug die junge Frau die Augen auf und schaute uns verwirrt an.
»Wer – wer sind Sie?« hauchte sie matt.
»Ich bin Dr. Watson. Dieser Herr ist Sherlock Holmes. Sagen Ihnen diese beiden Namen etwas?«
»Nein!«
»Bitte, überlegen Sie genau!«
»Ich – ich versuche es ja.«
»Wie ist Ihr Name?« wechselte Holmes jetzt das Thema.
Angestrengt zog sie die Stirne in Falten – dann schüttelte sie verzweifelt den Kopf.
»Offenbar Gehirnerschütterung«, diagnostizierte ich. »Verursacht häufig Gedächtnisschwund.«
Ich begann, die Platzwunde mit einer antiseptischen Lösung zu betupfen.
»Wir wissen also«, rekapitulierte Holmes in der Zwischenzeit, »folgendes: Sie erhielt einen Schlag auf den Kopf, wurde in die Themse geworfen und landete schließlich bei uns!«
»Wir wissen weit mehr«, erklärte ich. »Ihr Akzent verrät die Ausländerin. Und ihr Ehering gibt uns den Hinweis, daß sie verheiratet ist.«
Holmes bückte sich nach ihrem Schuh und unterzog das Etikett einer eingehenden Prüfung. BAZAAR MODERNE!
»Sind Sie Französin?« fragte er. *»Vous êtes Française?«*
»Nein«, antwortete sie mit ungeheuerer Anstrengung. *»Je ne suis pas Française.«*
»Sie antwortet auf Französisch – ist aber keine Französin«, wunderte ich mich.

»Vous êtes Suisse?«
Sie schüttelte den Kopf. Holmes trat jetzt hinter den Sessel und bewegte ihren Kopf sachte so zur Seite, daß er das Etikett im Kragen ihres Kleides lesen konnte.
»La Femme Elégante, Bruxelles! Vous êtes Belge? De Bruxelles?«
Sie dachte diesmal sehr lange nach.
»Je pense que . . . oui? Mais je ne suis pas sûre!« flüsterte sie dann zögernd.
Während Mrs. Hudson mit dampfendem Tee erschien, zog Holmes der jungen Frau jetzt den Ehering vom Finger, ohne daß sie dagegen protestiert hätte. Die gravierte Inschrift lautete: GABRIELLE – EMILE 5/11/83.
»Sie heißen Gabrielle mit Vornamen?«
»Gaby . . .«, nickte sie.
»Und Ihr Gatte heißt Emile?«
Wieder nickte sie mit dem Kopf. Doch ihr Gesicht blieb völlig ausdruckslos.
»Wo ist er?« bohrte Holmes weiter. »Was tun Sie in London?«
Mit einem dankbaren Blick nippte sie an der Tasse, die Mrs. Hudson ihr reichte. Dann sah sie Holmes an.
»Ich – ich weiß nicht!«
»Was ist an der Themse geschehen? Denken Sie nach! *Pensez! Concentrez-vous!*«
Plötzlich verkrampfte sich ihr Gesicht. Heftiges Schluchzen schüttelte sie. »Emile!« kam es gequält über ihre Lippen.
»Nun aber genug, Holmes«, sagte ich gebieterisch. »Als Arzt kann ich ein weiteres Verhör nicht länger verantworten!«
Seufzend gab sich mein guter Freund geschlagen.
»Mrs. Hudson, bringen Sie die junge Dame bitte in mein Bett«, ordnete ich an. »Ich werde auf der Couch nächtigen«, fügte ich jedoch sofort hinzu, um Mißverständnissen vorzubeugen.
Während die beiden Damen unser Wohnzimmer verließen, machte ich mich daran, für das bedauernswerte Geschöpf einen beruhigenden Schlaftrunk zu mixen.
»Meines bescheidenen Erachtens wäre ein Krankenhausaufenthalt besser für sie«, kritisierte Holmes meine Bemühungen. Dann

setzte er seine Pfeife in Brand – das äußere Zeichen des Beginns eines seiner tiefschürfenden Denkprozesse.

»Unter gar keinen Umständen«, widersprach ich trotzdem entschieden und energisch. »Meine ärztliche Hilfe genügt völlig. Außerdem bedarf sie des Schutzes! Ein Attentat auf ihr junges Leben wurde bereits verübt – weitere könnten folgen.«

Holmes sah mich nachdenklich an.

»Dieser Gedächtnisschwund, von dem Sie sprachen – wie lange kann er sich halten?«

»Das ist ganz von der Schwere der Verletzung abhängig. Man kann ihn mit einer Woge von Schleiern vergleichen, die das Gedächtnis verhängen. Vergleichen wir es mit dem Nebel dort draußen. Er kann sich von einem Moment zum anderen verziehen – er kann jedoch auch tagelang anhalten!«

»Auch über Wochen hinaus?«

»Auch dies liegt im Bereich des Möglichen.«

Rastlos durchmaß Holmes unser Wohnzimmer.

»Mein lieber Watson, unsere Räumlichkeiten sind beengt. Wir können sie unmöglich mit einer Wohngenossin teilen!«

»Aber Holmes! Dies ist ein außergewöhnlicher Fall! Eine Frau schleppt sich hilfesuchend zu uns – oder, besser gesagt, sie wird zu uns gebracht. Ohne Zweifel beabsichtigte sie, uns aufzusuchen, bevor sich dieser tragische Zwischenfall ereignete. Wir wissen weder, wer sie ist, noch wissen wir, mit welchem Problem sie sich belastet fühlt. Ist dies nicht die Herausforderung an Ihren Intellekt, nach der Sie sich so inständig sehnen?«

»Ich verschließe mich Ihren Argumenten durchaus nicht. Können wir aber warten, bis die Schleier sich von ihrem Gedächtnis heben? Wir müssen sie so schnell wie möglich zerreißen!«

»Glauben Sie, daß es wirklich so eilig ist?« fragte ich ängstlich.

»Äußerst!«

Er ging zum Fenster und blickte hinaus in die Nacht, dichte Wolken beizenden Tabakqualms aus seiner Pfeife stoßend. Ich selbst nahm den von mir gemixten Schlaftrunk und begab mich in mein Schlafzimmer.

FÜNFTES KAPITEL

Gabrielle

Dank meiner Erfahrungen im Biwakieren, die ich mir in Afghanistan erworben habe, fand ich auf unserer unbequemen Couch doch zur Nachtruhe und fiel schon bald – nicht etwa herunter von ihr, sondern in tiefen Schlaf. Dieser Schlaf bescherte mir einen äußerst erfreulichen Traum. Eine um das Vierfache erhöhte Versehrtenrente, ein mit immensem Wettgewinn verbundener Außenseiter-Sieg (100 : 1!) beim Derby und köstliche Liebesspiele mit einer bezaubernden Dame adeligen Geblütes auf einem romantischen Schloß in der Folge dieser Ereignisse spielten dabei eine nicht unwesentliche Rolle. Dies alles jedoch raubte mir die Möglichkeit, zwischenzeitliche Ereignisse in unserer bescheidenen Behausung in der Baker Street 221 B persönlich zu registrieren. Als ich jedoch nach meinem Erwachen von diesen Ereignissen Kenntnis erhielt, drang ich in meinen Freund, mir hierüber unverzüglich einen Rapport zu geben, um ihn diesem Bericht beizufügen.

Persönlicher Bericht von Sherlock Holmes

Nachdem Dr. Watson unserer geheimnisvollen Besucherin sein Beruhigungsmittel eingeflößt hatte, rollte er sich auf der Couch zusammen. Schon bald zeigten mir seine unappetitlichen Schnarchtöne an, daß er in Schlaf gefallen war – wobei er sich gelegentlich komisch krümmte und verrenkte, was ohne Zweifel auf einen Alptraum schließen ließ. Ich weckte ihn jedoch nicht auf, da ich die Ansicht vertrete, daß ein gewisses Maß an Leid der menschlichen Seele durchaus zuträglich ist.
Ich zog mich in meinen behaglichen Sessel zurück und rauchte

bis zur Morgendämmerung ein gutes halbes Pfund stärksten Shag-Tabaks, während ich das Geheimnis der schönen Unbekannten aus der Themse zu lösen versuchte. Ich kam jedoch nicht zu einer zufriedenstellenden Erklärung für die sonderbaren Ereignisse dieser Nacht.

Ich hatte, wie bereits erwähnt, bis zur Morgendämmerung mit Gedanken und Überlegungen beschäftigt in meinem Sessel verbracht, als ich plötzlich von der Schlafzimmertüre her ein Geräusch vernahm. Sie wurde geöffnet.

»Emile?« drang die leise Stimme unserer Besucherin an mein Ohr. »Emile – bist du es?«

Ich stand auf und ging auf sie zu – und im flackernden Schein des Kaminfeuers blieb mir nichts weiter übrig, als festzustellen, daß sie splitternackt vor mir stand.

»Ja, Gabrielle, ich bin's«, entgegnete ich und registrierte dankbar, daß sie sich meiner Muttersprache für die Konversation mit ihrem imaginären Ehegatten bediente.

Sie eilte mir entgegen.

»Emile! Ich hatte solche Angst, dich nie mehr zu finden.«

Dann schlang sie ihre Arme um mich.

»Halte mich! Halte mich ganz fest!«

Ich hielt sie fest – und erachte die Schilderung weiterer Details angesichts der gegebenen Situation für unnotwendig.

»Es ist schon so lange her«, hauchte sie mir verlangend ins Ohr.

»Weißt du, was ich noch gemacht habe, bevor ich fortgefahren bin von Brüssel?«

»Ich ahne es nicht, Gabrielle«, flüsterte ich zurück.

»Du darfst mir nicht böse sein, Emile. Ich habe mir ein süßes, leider etwas teueres Negligé gekauft. Komm!«

»Ein Negligé?«

»Ja. Ganz rosa, mit Marabu-Federn.«

Unvermittelt ließ sie mich los, trat ein paar Schritte zurück und drehte sich einmal langsam um sich selbst.

»Findest du nicht auch, daß ich als verheiratete Frau so etwas eigentlich gar nicht brauche?« fragte sie plötzlich.

»Wo ist denn dieses – äh – Negligé?« hörte ich darauf meine Stimme, die ich kaum wiedererkannte.

»In meinem Gepäck, komm«, flüsterte sie verführerisch und zog mich zur offenen Türe meines Schlafzimmers, wobei sie auf mein Bett deutete.
»Wo – wo ist denn dein Gepäck?«
Wieder streckte sie die Arme nach mir aus. »Ach, ich weiß es nicht mehr. Komm zu mir, Liebster!«
Während ich noch schwankend überlegte, ob ich gehorchen oder Dr. Watson zu Hilfe holen sollte, gewahrte ich etwas Interessantes in einer ihrer Handflächen. Mit raschem Griff umspannte ich ihr Handgelenk, um meine Entdeckung näher untersuchen zu können. Unschwer waren in der Handfläche Schriftzeichen auszumachen in jener Tinte, die sich auch verwaschen auf dem bewußten Stück Pappe befand. Jedoch in Spiegelschrift. Ungeachtet ihrer verlockenden Bitten streckte ich meine Hand nach dem vergrößernden Patent-Rasierspiegel auf dem Waschtisch aus und hielt ihn vor ihre Hand. Nun waren die Schriftzeichen ganz deutlich zu entziffern – die Nummer 301!

Soweit Holmes' persönlicher Bericht. Und trotz meines beharrlichen Drängens war er nicht bereit, sich zu weiteren Details zu äußern – so daß mir keine andere Wahl bleibt, als fortzufahren mit jenem Augenblick, wo ich von den Düften des gedeckten Frühstückstisches geweckt mich ächzend von meinem unbequemen Nachtlager erhob.
»Großer Gott, unsere Patientin«, fiel mir plötzlich der Grund ein, warum ich überhaupt auf der Couch genächtigt hatte.
»Essen Sie lieber Ihren Porridge, bevor er pappig wird«, schlug Mrs. Hudson vor. »Ich werde nachschauen, wie es ihr geht!« Sie ging hinüber zu meinem Schlafzimmer. Ich hatte jedoch noch nicht den ersten Löffel zum Munde geführt, als mich ihr gellender Schrei zusammenzucken ließ.
»Dr. Watson! Sie ist verschwunden!«
Ich eilte zu ihr und konnte durch eigenen Augenschein nur bestätigen, daß mein Bett zwar benutzt, aber leer war. Entschlossen begab ich mich zu Holmes' Schlafzimmer.
»Holmes!« rief ich und riß die Türe auf. »Gabrielle ist fort!« Im gleichen Augenblick jedoch wurde mir klar, daß ich mich

geirrt hatte. Unbekleidet und nur äußerst unzureichend von einem dünnen Laken bedeckt, schlummerte unsere nächtliche Besucherin in Holmes' Bett. Von diesem jedoch fehlte jede Spur.
»Das ist der Gipfel«, konstatierte Mrs. Hudson hinter mir.
Während ich mich bemühte, meinen ja ganz offensichtlich nicht im Schlafzimmer anwesenden Freund in Schutz zu nehmen, hörten wir ein Geräusch von der Wohnzimmertüre her.
»Guten Morgen«, vernahmen wir gleichzeitig Holmes' Stimme. »Hm, Porridge. Wahrscheinlich wieder einmal pappig, wie üblich.«
Wir starrten ihn entgeistert an, während er ins Wohnzimmer trat und dort einen Koffer absetzte, in dessen Ledergurten ein Sonnenschirm steckte. Am Griff des Koffers registrierte ich einen Anhänger, der die Nummer 301 trug.
»Da sind Sie ja«, versuchte ich die peinliche Situation zu überspielen. »Wir fragten uns schon ...«
»Und ob wir uns fragten«, fiel mir Mrs. Hudson mit schneidender Schärfe ins Wort. Und in ihrer Stimme lag – wie schon häufig, wenn Holmes experimentiert oder Schießübungen veranstaltet hatte – die offene Drohnung mit fristloser Kündigung und Räumungsklage.
Holmes entledigte sich jedoch lächelnd seines Cape-Mantels und seiner Mütze. »Meine liebe Mrs. Hudson«, schlug er dabei mit unerschütterlicher Ruhe vor, »wie wäre es, wenn Sie sich in Ihre Küche begeben und dort unter Zuhilfenahme eines angefeuchteten Spültuches die Spuren ungerechtfertigter Mißbilligung aus Ihrem liebwerten Gesicht putzen würden?«
Statt einer Antwort rauschte sie schnaubend aus dem Zimmer und knallte die Türe laut und vernehmlich hinter sich zu.
»Sie können Ihr keinen Vorwurf machen, Holmes. Wenn ich Sie nicht besser kennen würde, auch mir käme der Verdacht, Sie hätten die Situation der jungen Dame ausgenutzt.«
»Was ich in gewissem Sinne auch getan habe. Würden Sie mir bitte das Buttermesser reichen?«
Versteinert sah ich ihn an.
»Was haben Sie gesagt?«
»Das Buttermesser, mein lieber Watson«, insistierte er.

Ich brachte es ihm und beobachtete, wie er damit die Schlösser des Koffers zu sprengen versuchte. Seine Nonchalance versetzte mich – ich gestehe es – in kalte Wut.

»Holmes«, drang ich entsetzt in ihn, »Sie haben verwerflich gehandelt! Diese Frau in einer verzweiflungsvollen Notlage unter unseren Schutz gestellt – mir fehlen die Worte! Wo bleibt Ihre Berufsethik? Geht Ihnen jede Scham, jedes Anstandsgefühl ab?«

»Seien Sie versichert, mein lieber Watson«, lächelte er maliziös, »ihr Körper hat mich reich beschenkt.«

»Holmes!«

»Besonders ihre rechte Hand!«

Ich fürchtete, den Verstand zu verlieren.

»Ersparen Sie mir um Himmels willen die Einzelheiten«, wehrte ich ab.

»Well«, brummte er vergnügt vor sich hin, »dann brauche ich Ihnen ja wohl nicht näher auseinanderzusetzen, auf welche Weise ich diesen Koffer ausfindig gemacht habe.«

»Ist das Gabrielles Koffer?« gewann meine angeborene Neugier Oberhand über meine moralische Erschütterung.

»Ohne jeden Zweifel. Sie erinnern sich an das nasse Stück Pappe, auf der unsere Adresse notiert stand? Es handelte sich um ihren Gepäckschein – die gestempelte Nummer war zwar verwischt, hatte jedoch auf ihre Handfläche abgefärbt. Und da die Vermutung nahelag, daß sie London von Brüssel aus mit Zug und Fährschiff erreicht hat, schloß ich auf die Victoria Station als Aufbewahrungsort ihres Gepäcks.«

»Potz«, entfuhr es mir, »dann stehen wir ja kurz vor der Lösung des Geheimnisses um ihre Person!«

»Zumindest sollten wir das rosarote Negligé finden«, murmelte Holmes durch die Zähne, während er das letzte Kofferschloß erbrach.

»Ein rosarotes – was?«

»Mit Marabu-Federn«, rief Holmes völlig unverständlich für mich aus. Es klang wie ein triumphaler Schrei. Gleichzeitig riß er ein hauchzartes Kleidungsstück aus dem erbrochenen Koffer. »Voilà!«

»Und was ist sonst noch drinnen?« wollte ich wissen und griff nun selber hinein in duftige Damenwäsche, bis meine Suche von Erfolg gekrönt war. Ich hob ein zusammengeschnürtes Päckchen Briefe hoch und die Photographie eines stattlichen Mannes etwa in den Fünfzigern. Holmes nahm mir die Briefe aus der Hand und wollte gerade ihre Verschnürung lösen, als er sich – seinem Instinkt folgend – umdrehte.

»Treten Sie ruhig näher, Madame Valladon!«

Auch ich blickte jetzt zur Schlafzimmertüre und gewahrte unseren weiblichen Logiergast, der sich uns schwankend und eingehüllt in Holmes' langen Morgenrock näherte.

»Sie *sind* doch Madame Valladon?« begehrte Holmes zu wissen.

»Ja.«

Ihr Blick war auf den aufgebrochenen Koffer gerichtet.

»Ich bitte um nachsichtige Vergebung für das Durchsuchen Ihres Gepäcks. Da Sie jedoch bei uns Hilfe suchten . . .«

Sie suchte Halt an der Sessellehne.

»Wo – wo befinde ich mich?«

»Im Hause Nummer 221 B der Baker Street.«

»Ach – *ja* doch«, schienen ihr plötzlich Zusammenhänge klar zu werden. Abwechselnd musterte sie jetzt mich und dann meinen Freund.

»Wer von Ihnen beiden ist Mr. Holmes und wer ist Dr. Watson?«

»Watson ist der Stattlichere von uns beiden«, lächelte Holmes. Und ich konnte nicht umhin, mit einem bescheidenen Hüsteln meine Verlegenheit überspielend an meinem Schnurrbart zu zwirbeln.

»Mir ist ganz wirr im Kopf«, murmelte Gabrielle kopfschüttelnd, während sie Holmes' Einladung folgend an unserem Frühstückstisch Platz nahm. Mein Freund setzte sich ihr gegenüber. –

»Dann wollen wir vielleicht einmal gemeinsam versuchen, diese ganze Geschichte zu entwirren«, schlug er vor. »Sie sind nach London gekommen, um Ihren Mann zu suchen?«

»Ja«, erwiderte sie, erstaunt über seine Kenntnisse, »er ist Bergbauingenieur. Wir haben vor fünf Jahren geheiratet, unten im Kongo.«

»Wo Ihr Gatte in einer Kupfermine tätig war!«
»Das stimmt. Woher wissen Sie das?«
»Wegen Ihres etwas ungewöhnlichen Eheringes – er ist aus Kupfer.«
»Ach so.«
»Und jetzt wollen Sie seinen Aufenthaltsort ausfindig machen?«
Sie nickte stumm. Und ihre Augen blickten kummervoll.
»Voriges Jahr erfand er eine neuartige Luftpumpe«, fuhr sie dann plötzlich fort. »Eine englische Firma stellte ihn ein.«
»Wie hieß diese Firma?«
»JONAS Ltd. – Er kam nach London, um hier für die Firma zu arbeiten. Ich blieb in der Zeit in Brüssel und wartete, daß wir eine günstige Wohnung ausfindig machen würden. Wir haben uns sehr häufig geschrieben. Dann aber plötzlich, vor drei Wochen war es, hörte ich nichts mehr von ihm. Ich schrieb ihm weiterhin, erhielt aber nie Antwort. Und da habe ich mich entschlossen, ihn hier unter seiner Adresse zu besuchen.«
Sie deutete auf das Päckchen Briefe, das Holmes immer noch in der Hand hielt. Auf der Rückseite eines der Umschläge war die Absenderangabe zu lesen:

Emile Valladon
32 Ashdown Street
LONDON, N. W.

»Sie haben also diese Adresse aufgesucht?«
»Ja. Aber ich fand nur einen leeren Laden! Kein Mensch war dort. Dann habe ich versucht, die JONAS Ltd. zu finden – aber diese Firma gibt es gar nicht!«
»Madame Valladon«, sagte Holmes jetzt sehr ernst, »denken Sie jetzt bitte ganz scharf nach. Könnten Sie sich einen Grund vorstellen, weshalb Ihr Gatte Sie belügen sollte?«
»Emile lügt niemals«, schluchzte sie. »Und – wir lieben uns!«
Holmes nickte, und ich hielt es für angebracht, mich dezent zu räuspern.
»Dann ging ich zur Polizei«, fuhr Gabrielle tapfer fort. »Dort versprach man mir, eine Vermißtenanzeige aufzunehmen – man machte mir aber keine großen Hoffnungen. Danach ging ich

zur belgischen Botschaft und erklärte meine Situation. Und dort legte man mir nahe, Sie um Hilfe zu bitten!«

»Man hätte Ihnen schwerlich einen besseren Rat erteilen können«, versicherte ich.

»Ich befand mich jedenfalls auf dem Wege hierher, als ich plötzlich Schritte hinter mir hörte. Natürlich dachte ich an nichts Böses. Warum auch? Aber die Schritte holten mich ein. Dann – dann war da die Hand auf meinem Mund. Ein Geruch nach Chloroform . . .«, sie fuhr sich mit der Hand über die Stirne, »und dann war ich plötzlich im Wasser. Ich hatte Angst zu ertrinken. Ich schrie. Und dann muß ich wohl die Besinnung verloren haben.«

»Dafür aber fanden Sie in einem vorbeifahrenden Droschkenkutscher einen Schutzengel«, erklärte ich, »der Sie rettete und zu uns brachte.«

»Madame Valladon«, drang mein Freund Holmes ernst in sie, »es wurde ein Mordanschlag auf Sie verübt! Haben Sie eine Ahnung, wer Ihnen nach dem Leben trachten wollte?«

Sie schüttelte den Kopf. »Mir ist das alles völlig unverständlich.«

Nachdenklich erhob sich Holmes und ging hinüber zu seinem Schreibtisch, während ich unsere Besucherin mit dem Hinweis beruhigte, daß wir unser Menschenmöglichstes unternehmen würden, um das Problem zu lösen und ihren Mann zu finden. Dann kehrte Holmes mit Tinte, Feder und Briefpapier zum Frühstückstisch zurück. Er forderte Gabrielle Valladon auf, ein Kuvert mit der geheimnisvollen Adresse in der Ashdown Road zu versehen. Dann steckte er einen leeren Briefbogen in das Kuvert, welches er versiegelte.

»Sie schicken ein leeres Blatt Papier in einen leeren Laden?« fragte ich fassungslos.

»Dieser leere Laden, mein lieber Watson, dient offensichtlich als Deckadresse. Schreiben, die dort eingehen, werden vermutlich irgendwohin weitergeleitet. Es ist von ungeheuerer Wichtigkeit, das *wie* und *von wem* zu klären – vor allem aber auch das *warum*!«

Dann läutete er nach Mrs. Hudson und trug ihr auf, den bewußten Brief unverzüglich zur Post zu tragen.

SECHSTES KAPITEL

Die Herzogin

Zur Zeit der hier geschilderten Ereignisse konnte man in London mit einem Dutzend täglicher Postzustellungen rechnen. Man schaudert bei dem Gedanken, daß dieser Service in späteren Jahren auf sage und schreibe *zehn* Zustellungen pro Tag reduziert worden ist!

Es galt für uns also, keine Zeit zu verlieren. Denn Holmes' Plan bestand darin, noch vor dem besagten Briefumschlag jene ominöse Adresse in der Ashdown Street zu erreichen, um so an Ort und Stelle feststellen zu können, was aus dem in einem leeren Laden abgelieferten Briefumschlag wurde! Wir ließen uns daher von einer flotten Droschke unverzüglich am Regent's Park vorbei über Camden Town nach Highgate fahren, wo wir den Kutscher entlohnten und unseren Weg zu Fuß fortsetzten.

Zwar erregten wir in unserer gepflegten Garderobe in dieser eher ärmlichen, schäbigen Gegend ein gewisses Aufsehen. Doch gelang es uns schnellen Schrittes, wobei mein Hinken mir nicht unbeträchtliche Schwierigkeiten machte, jene fast menschenleere Gegend unbewohnter und fast verfallener Häuser zu erreichen, in der sich die Ashdown Street befand.

Holmes' Anweisungen folgend, gingen wir rasch an dem Laden mit der Hausnummer 32 vorbei, als schenkten wir ihm keinerlei Beachtung. Unmittelbar hinter diesem Eckgeschäft befand sich eine enge Durchfahrt, durch die uns Holmes in einen verlassenen, verdreckten Hinterhof führte. Dort pfiff mein Freund leise durch die Zähne beim Anblick eines vergitterten Fensters, das er mit seinem untrüglichen Scharfsinn sofort als zu dem Laden gehörig erkannte. Eine verdreckte, vom Staub fast blinde Scheibe ließ vom Inneren des Ladens kaum mehr erkennen als eine von Spinnweben überzogene Theke, ein paar verfallene Regale und

einen großen, viereckigen Gegenstand, der mit einer Segeltuchplane zugedeckt war.
Holmes prüfte die Festigkeit des Gitters. Das Mauerwerk, in welches dieses Gitter eingelassen war, erwies sich als verwittert und brüchig. Mit befriedigtem Schmunzeln schraubte Holmes – sehr zum Erstaunen von Madame Valladon – seinen Spazierstock auseinander, in dessen Einzelteilen ein Meißel, ein zusammenklappbarer Hammer und eine Metallsäge verborgen waren. Während ich vorsichtig an einer Mauerecke meinen Beobachtungsposten bezog, um uns gegen unwillkommene Überraschungen zu sichern, meißelte mein handwerklich erstaunlich geschickter Freund das Mauerwerk so weit ab, daß er das Gitter mit dem damit verbundenen Fenster nach innen aufschwingen konnte, als ob es in Scharnieren hinge.
Geschwind kletterte er auf das Sims und verschwand im Inneren des Ladens. Ich leistete Madame Valladon Hilfestellung und kletterte dann als letzter hinein. Rasch setzte Holmes seinen Spazierstock wieder zusammen und drückte damit Fenster und Gitter in die ursprüngliche Lage zurück.
Ich begann währenddessen die Räumlichkeiten einer schnellen Inspektion zu unterziehen. Überall lag der Staub unzähliger Jahre – Holmes würde, dessen war ich sicher, hieraus nötigenfalls exakte Schlüsse zu ziehen wissen. Besonders überraschte mich bei meinen Untersuchungen, daß sich der mit einer Plane zugedeckte Gegenstand als riesiger Vogelkäfig herausstellte, in dem Dutzende von Kanarienvögeln fröhlich piepsend herumflatterten.
»Holmes . . .«, rief ich leise. Doch dieser machte mir ein Zeichen, zu schweigen und meine Aufmerksamkeit der Eingangstüre zuzuwenden.
Dort öffnete sich nämlich gerade der Briefkastenschlitz, und ein Brief wurde hineingeschoben, der auf den staubigen Fußboden fiel.
Ich wollte zur Türe eilen und den Brief aufheben. Doch Holmes hielt mich energisch zurück.
»Lassen Sie ihn liegen, mein lieber Watson! Unsere Mission lautet klar: Feststellen, was nun geschieht! Ich fürchte, es erwartet

uns jetzt der nervenaufreibendste Teil der detektivistischen Tätigkeit – das *Warten*!«

Madame Valladon lächelte Holmes dankbar an. »Wie kann ich Ihnen das nur entgelten, Mr. Holmes? Mein ganzes Geld steckt in der Handtasche – und die liegt jetzt sicher auf dem Grund der Themse!«

»Seien wir froh, daß Sie nicht selbst dort unten liegen«, antwortete Holmes. Einen Augenblick lang sahen sich die beiden tief in die Augen.

Einmal mehr gestattete ich mir ein dezentes Räuspern, wobei ich taktvoll auf den Fußboden blickte, auf dem ebenfalls wie überall dichter, dicker Staub lag. Staub, in welchem mir jetzt zum ersten Mal dünne Linien auffielen!

»Holmes, sehen Sie doch«, machte ich ihn auf meine Entdeckung aufmerksam, »diese Linien zwischen der Vordertüre und der Türe dort hinten – aber keinerlei Fußspuren! Was kann das bedeuten?«

»Wenn sich vor uns statt des Staubes von – vorsichtig geschätzt – fünf Jahren und siebeneinhalb Monaten eine Eisfläche befände«, folgerte Holmes nachdenklich, »dann würde ich den Schluß ziehen, daß hier jemand auf Schlittschuhen quer durch den Raum geglitten ist.«

»Um die hier eingehenden Briefe an sich zu nehmen«, ergänzte ich, messerscharf kombinierend.

»Es ließe sich jedoch auch denken«, fuhr Holmes lächelnd fort, während er sich dem verdeckten Vogelkäfig näherte, »daß man sich hier einer ganz besonderen Spezies von Brieftauben zum Transport dieser Briefe bedient.«

Unser Gespräch wurde durch ein quietschendes Geräusch unterbrochen, das plötzlich ganz deutlich hinter jener geschlossenen Türe zu vernehmen war, die wohl irgendwohin in das Innere des Hauses führte. Dann hörten wir das Rasseln einer Kette, die gelöst wurde. Holmes machte uns eilig ein Zeichen mit der Hand, uns gleich ihm flach an die Wand des Ladens zu drücken, dort, wo uns die geöffnete Türe vor fremden Blicken verbergen mußte. Jetzt drehte sich krächzend ein Schlüssel im Schloß, und die Türe ging auf.

Dann ertönte wieder das Quietschen. Wir hielten ängstlich den Atem an. Und was uns nun zu Gesicht kam, war kein Schlittschuhläufer oder dergleichen, sondern ein vorsintflutlicher Rollstuhl, der jedem Museum Ehre gemacht hätte.
In diesem Gefährt hockte eine alte, gleichermaßen unordentliche wie ungepflegte Frau, die mit knochigen, welken Händen die Räder des Stuhles vorwärts bewegte. In ihrem Schoß fielen eine große Papiertüte und eine Blechkanne voll Wasser auf.
Sie steuerte direkt den Vogelkäfig an und schleuderte mit erstaunlicher Kraft die Plane über einen Querbalken in unmittelbarer Nähe unseres Verstecks.
»Guten Morgen, meine Hübschen«, schnarrte sie die Kanarienvögel an. »Jetzt gibt's Frühstück – eure Mama hat euch nicht vergessen!«
Nachdem sie ihre flatternden Piepmätze mit Körnern und frischem Wasser versorgt hatte, fiel ihr Blick auf den Briefumschlag an der Türe. Quietschend rollte sie quer durch den Raum, hob das Kuvert auf – machte jedoch keinerlei Anstalten, es zu öffnen.
In diesem Augenblick verriet mir mein ungeheuer feinsinniges Gehör, daß im Hof ein Pferdefuhrwerk angekommen sein mußte. Auch der Alten schien dies nicht entgangen zu sein. Sie ließ den Brief in ihren Schoß fallen und rollte zurück zur Hintertüre, durch die jetzt zwei Kutscher mit schweren Schritten den Laden betraten. Meine Nerven waren zum Zerreißen gespannt – doch wie durch ein Wunder entgingen wir der Entdeckung.
»Tag, Herzogin«, brummte der eine.
»Geht's denn immer so«, knurrte der andere.
Es handelte sich um zwei grobschlächtige Fuhrmänner mit Stiefeln und Lederschürzen. Der Ältere hielt einen Vogelbauer in der Hand.
Die Herzogin überging die Begrüßung. »Wie viele sollen's denn diesmal sein?« nuschelte sie vor sich hin, während sie das Gatter des großen Käfigs öffnete.
Der Fuhrmann mit dem Vogelbauer trat näher. Ich konnte erkennen, daß der Boden des Vogelbauers mit einer Zeitung ausgelegt war.

»Zwei Dutzend sollen's sein«, erklärte er und half der Alten, die ängstlich flatternden Vögel in seinen Käfig zu verfrachten.
»Was stellen die eigentlich mit den kleinen Biestern da oben an?« wollte die Alte wissen.
»Wenn du für Jonas arbeitest, Herzogin, stellst du besser keine Fragen«, warnte der zweite Fuhrmann.
»Ach, red doch nicht«, keifte die Alte mit einer Stimme, die wenig Herzogliches an sich hatte, »wer ist überhaupt dieser Jonas?«
Doch eine Antwort erhielt sie nicht. Einer der kleinen Kanarienvögel war nämlich ihrer Hand entschlüpft und flog nun aufgeregt im Laden hin und her.
Geistesgegenwärtig schloß der zweite Fuhrmann die Türe, hinter der wir uns noch Bruchteile von Sekunden vorher versteckt gehalten hatten. Unweigerlich wären wir jetzt entdeckt worden – wenn nicht Holmes uns mit seinem untrüglichen Instinkt für drohende Gefahren mit einer Geste veranlaßt hätte, hinter der herunterhängenden Plane ein neues Versteck zu beziehen!
Der entflogene Kanarienvogel flatterte – die beiden Fuhrmänner immer hinter ihm her – kreuz und quer durch den Laden, bis er sich schließlich an jenem Fenster niederließ, durch das wir eingestiegen waren.
Mir stockte der Atem. Aber das Schicksal war nicht mehr aufzuhalten. Einer der beiden Fuhrmänner pirschte sich vorsichtig an das ängstliche Vögelchen heran und schnappte es blitzschnell – wobei sein Arm das wacklige Gitterfenster mit einer derartigen Wucht streifte, daß es aus dem aufgemeißelten Mauerwerk herausbrach und auf den Boden krachte!
Angst schnürte mir die Kehle zu. Jetzt mußte der Augenblick unserer Entdeckung gekommen sein.
Der Fuhrmann grinste jedoch nur.
»Wie wär's, wenn du dir da mal 'n neues Fenster leisten würdest, Herzogin?« lachte er und steckte den gefangenen Vogel zu den anderen in seinen Vogelbauer.
»Macht zwei Dutzend«, plärrte die Alte. »Und glaubt bloß nicht, daß ich mir wegen euch etwa noch 'n Abtritt mit Wasserspülung zulege.«

Der Jüngere deutete jetzt auf den Brief in ihrem Schoß.

»Geht der auch mit?«

»Nein – der wird persönlich abgeholt«, kicherte die alte Vettel und nickte den beiden Fuhrmännern zu, die mit ihrem Vogelbauer durch die Hintertüre verschwanden.

Dann legte sie den Brief in ein Regal und zog mit kräftigem Ruck die Plane wieder herunter vom Balken und über den Käfig. Ihr Gesicht verriet keinerlei Erstaunen darüber, uns zu entdekken – denn sie entdeckte uns nicht! Holmes hatte uns nämlich in weiser Voraussicht kommender Ereignisse wieder hinter der offenstehenden Türe Posten beziehen lassen. Und dort verharrten wir mucksmäuschenstill, bis die Herzogin in ihrem Rollstuhl den Laden verlassen und die Türe wieder mit der Kette verschlossen hatte.

Ich lüpfte meinen Hut und tupfte mir den Schweiß von der Stirne.

»Diesmal hielt ich unser letztes Stündlein für gekommen«, stöhnte ich erleichtert auf. Auch Madame Valladon litt ganz offensichtlich noch immer unter dem Schock der hinter uns liegenden Nervenanspannung. Holmes jedoch hatte – eigentlich erübrigt sich diese Feststellung ja – nichts von seiner gewohnten Selbstsicherheit eingebüßt.

»Die Kunst, sich unerwünschten Blicken zu entziehen, mein lieber Watson, basiert lediglich auf der Wahl des richtigen Standortes im richtigen Augenblick.«

Madame Valladon sah ihn ängstlich an.

»Mr. Holmes, glauben Sie, daß . . . daß mein Emile selber diesen Brief abholen wird?«

»Dies würde zweifelsohne die Angelegenheit sehr vereinfachen. Obwohl ich persönlich eher dazu neige, die Lösung des Problems in Schottland zu sehen.«

»Was in aller Welt bringt Sie auf diese Vermutung?« wunderte ich mich.

»Meine Vermutung konzentriert sich sogar ganz präzise auf Inverness«, lächelte Holmes. »Wie Ihrem Scharfsinn eigentlich nicht entgangen sein dürfte, war der Boden des kleinen Vogelbauers mit einer Ausgabe des *Inverness Courier* ausgelegt – und diese Tatsache führt uns schlußendlich zur Lösung der Frage, was die als Herzogin betitulierte Dame vorhin mit *da oben* meinte!«

In diesem Moment stieß Madame Valladon einen spitzen Schrei aus. Aufgeregt wedelte sie mit dem Brief, den sie aus dem Regal genommen hatte.

»Das ist gar nicht *unser* Brief – er ist an Sie gerichtet, Mr. Holmes!«

»Ausgeschlossen«, entfuhr es mir, und ich eilte zu ihr, um mich persönlich zu überzeugen.

Doch Holmes reagierte schneller. Er nahm Madame Valladon den Umschlag aus der Hand, betrachtete kopfschüttelnd die Adresse und riß ihn sodann neugierig auf.

Ein Schreibpapier mit dem Briefkopf *Diogenes Club* kam zum Vorschein.

»Hören Sie sich das an, mein lieber Watson«, forderte mich Holmes mit schmunzelndem Kopfschütteln auf. »Hier steht: ›*Mein lieber Sherlock, ich erwarte dich und Dr. Watson unverzüglich bei mir im Club, nachdem ihr von dieser Nachricht Kenntnis erhalten habt. Nach meiner Berechnung dürfte dies um 11 Uhr 40 sein! Dein Bruder Mycroft*‹ . . .«

Spontan sah ich auf meine Uhr – die Hinterlassenschaft meines verstorbenen Bruders.

»Nun . . .?«

»Es ist 11 Uhr 43!«

»In diesem Falle, mein lieber Watson, geht entweder Ihre Uhr falsch, oder meinem Bruder ist in seinen Berechnungen ein Fehler unterlaufen. Kommen Sie, Madame Valladon! Ich huldige dem Optimismus, daß wir selbst in dieser Gegend eine Droschke auftreiben werden . . .«

SIEBTES KAPITEL

Mr. Mycroft Holmes

Ich fürchte, daß das Stadtbild von London sich dereinst, wenn meine geneigten Leser diese Niederschrift in Händen halten, sehr zu seinem Nachteil verändert haben wird. Die Lawine des sogenannten ›Fortschritts‹ mit seiner beklagenswerten Tendenz zu profitgieriger Verschandelung des Alten im Interesse des oft höchst überflüssigen Neuen und Modernen wird auch vor der Hauptstadt Großbritanniens und des Commonwealth nicht haltgemacht haben. Zwar wird es sicherlich einigen altehrwürdigen Einrichtungen und Institutionen gelungen sein, den Zeitläuften erfolgreich zu trotzen. Sicherlich werden auch *Whitehall* und *The Mall* in der einen oder anderen Form alle umstürzlerischen Bestrebungen überdauern. Ich bezweifle jedoch, daß man dies eines Tages auch vom *Diogenes Club* wird sagen können. So genüge ich also meiner Chronistenpflicht, wenn ich der Nachwelt an dieser Stelle in Erinnerung bringe, welche Bewandtnis es mit diesem Club hatte:

Der *Diogenes Club* wurde ins Leben gerufen für Männer, deren Menschenscheu oder Menschenverachtung sie allen Geselligkeiten und gesellschaftlichen Ereignissen ablehnend gegenüberstehen lassen. Keinem Mitglied ist es gestattet, von einem anderen Mitglied auch nur die geringste Notiz zu nehmen. Mit Ausnahme des Fremdensalons ist in allen Räumlichkeiten des Clubs jede Form der Unterhaltung strengstens untersagt. Schon ein einziger Verstoß gegen diese Regel wird mit dem Ausschluß geahndet. Im Speisesaal befinden sich lediglich Einzeltische. In der Bibliothek ist die Anordnung der Sessel so getroffen, daß jedes Mitglied für sich und von allen anderen isoliert seiner Lektüre frönen kann. Das gemütliche Spielzimmer bietet lediglich Möglichkeiten zum Legen von Patiencen. Und im Billard-Salon stehen zwölf Tische, an denen einsame Spieler in sakraler Stille ihrem von keinem Partner gestörten Hobby nachgehen.

Mycroft Holmes, der Bruder meines Freundes, ist eines der Gründungsmitglieder dieses Clubs – seines Zeichens Buchprüfer etlicher Regierungsbehörden, ein Mann von beachtenswertem kriminalistischen Talent, jedoch bedauernswerterweise ohne jeden Ehrgeiz, sein Gespür für das Hintergründige von Zusammenhängen jenen Gesetzen praktischer Logik zu unterwerfen, die ihn sicherlich zum größten Kriminalisten aller Zeiten gemacht hätten – wie mein Freund Holmes nie müde wurde zu betonen.

Wir hatten Madame Valladon in der Baker Street Mrs. Hudsons Obhut anvertraut und waren eilends weiter zur Pall Mall in Höhe des St. James' Palace gefahren. In der Empfangshalle des imposanten, im Palladio-Stil erbauten Clubhauses trat uns in der Funktion eines Empfangschefs ein mit Orden und Ehrenzeichen geschmückter Kriegsveteran entgegen.

»Die Herren?« flüsterte er in einer den Prinzipien des Clubs entsprechenden, jedoch kaum noch vernehmbaren Lautstärke.

»Zu Mr. Mycroft Holmes«, beschied ihn mein Freund, dabei auch seine sonst so helle Stimme diskret dämpfend.

»Sehr wohl! Sie werden erwartet. Im Fremdensalon!« hauchte der Veteran zur Antwort und machte sich daran, in einem wuchtigen, in Leder gebundenen Wälzer unsere Personalien einzutragen: Familiennamen, Vornamen, Anschrift, Art der im Club zu besprechenden bzw. zu erledigenden Angelegenheiten ...

Nach diesen Präliminarien durchschritten wir die geräumige, mit schweren und jedes Geräusch verschluckenden Teppichen ausgelegte Bibliothek. Niemand nahm Notiz von uns, keine Augenbraue hob sich, nicht eines einzigen Blickes wurden wir für würdig befunden, und keine Zeitung senkte sich. Nur das leise Ticken einer Uhr aus Urgroßvaters Zeiten zeigte uns an, daß wir uns nicht in einem Reich der Toten befanden. Jedenfalls war es schwer auszumachen, wer lebendiger war: die reglos in tiefen Sesseln vergrabenen und in Lektüre oder Träumereien versunkenen Club-Mitglieder – oder die Marmorstatuen irgendwelcher Berühmtheiten an den Wänden.

Schließlich erreichten wir den Fremdensalon. Im ersten Augenblick hatte ich den Eindruck, als befände sich niemand im Raum außer Ihrer Majestät der Königin Victoria – in Marmor. Doch dann entdeckte ich an einem der turmhohen Bücherregale eine Gestalt, die mit der Behutsamkeit einer Säuglingsschwester drei Gläser mit Wein füllte aus einer Flasche, die stoß- und erschütterungssicher in einen Lederköcher eingebettet war. Durch Drehen einer Handkurbel ließ sich die Flasche zum Zwecke des Ausgießens so langsam neigen, daß der Bodensatz nicht im geringsten aufgewirbelt wurde. Es war Mycroft Holmes – ein schmucker Mann in den besten Jahren, tadellos ausstaffiert mit langem Gehrock, seidener Halsbinde mit Perlennadel, Monokel und militärisch gestutztem Schnurrbart.

»Ah – Sherlock! Und Dr. Watson! Bitte, näherzutreten!« begrüßte er uns.

»Du siehst bemerkenswert fit aus, Mycroft«, gab sich mein Freund erstaunt. »Was macht die Gicht?«

»Unter Kontrolle! Auch dir scheint es bestens zu gehen. Und auch Ihnen, Dr. Watson?«

»Danke der Nachfrage«, entgegnete ich.

»Nun, kein Wunder bei den Meriten Ihrer unbezahlbaren Mrs. Hudson. Fürwahr eine Perle! Bei eingehender Betrachtung Ihres linken Schuhs stellt man fest, daß Mrs. Hudson heute morgen der Inhalt einer Dose mit Schuhwichse ausging, worauf sie eine neue Dose anbrach. Der Übergang von der schon etwas älteren und abgestandenen Wichse zu der aus der frisch geöffneten Dose ist augenfällig. Eine weniger sorgsame und sparsame Bedienstete hätte gleich zu einer neuen Dose gegriffen ...«

Lächelnd reichte er uns zwei der vollen Weingläser.

»Eine auserlesene Köstlichkeit, die ich hier kredenze – alter Madeira, Jahrgang 1814! Auf der ganzen Welt sind nur noch sechs Flaschen dieses Tropfens vorhanden. Zwei davon zu besitzen, rechne ich mir zur Ehre an – bezüglich des Ankaufs einer dritten Flasche stehe ich augenblicklich in Verhandlungen.«

Wir nippten ehrfurchtsvoll.

»Und warum verschwendest du dieses köstliche Naß ausgerechnet an uns, Mycroft?« wollte Holmes wissen.

Mycroft warf uns über den Rand seines Glases einen vielsagenden Blick zu.
»1814! Ein Jahr vor Waterloo! Hatten Sie jemals Gelegenheit, das Schlachtfeld zu besuchen, Dr. Watson?«
»Leider nein. Liegt doch in Belgien, wenn ich mich recht entsinne.«
»Genau! Apropos Belgien – es ist mir zu Kenntnis gelangt, mein lieber Sherlock, daß du auffallendes Interesse für den Aufenthaltsort eines bestimmten Ingenieurs an den Tag legst.«
Die beiden Brüder blickten sich durchdringend an – man konnte ihre Gedanken gewissermaßen knistern hören.
»Stimmt!«
»Ich kann dir eine Menge Mühe ersparen.«
»Für jeden diesbezüglichen Vorschlag wäre ich dir zu großem Dank verpflichtet.«
»Ich kann leider nur mit einem Vorschlag dienen – vergiß die Angelegenheit!«
»Gibt es einen bestimmten Grund dafür, mir das zu sagen?«
»Es betrifft die Staatssicherheit«, erklärte Mycroft ernst. »Unsere Angelegenheiten erledigen wir selbst.«
»Wir?« konnte ich mich nicht enthalten zu fragen.
»Der *Diogenes Club* ist gemeint«, unterrichtete mich mein Freund, ohne seinen Bruder aus den Augen zu lassen.
»Dies habe ich nie behauptet«, entgegnete Mycroft scharf.
»Spielt keine Rolle«, schmunzelte Holmes. »Wie ich an deiner Reaktion feststelle, habe ich den Nagel auf den Kopf getroffen. Ich hatte immer schon den Verdacht, es bestünden geheime Bande zwischen diesem bescheidenen Etablissement und dem Foreign Office. Ein seltsamer Club! Droht im Sudan ein Aufstand – taucht plötzlich eine von diesem Club finanziell unterstützte Expedition an den Quellen des Nil auf. Brechen Unruhen aus im indischen Grenzgebiet – schon strebt eine Gruppe der Clubmitglieder dem Himalaya zu, um den geheimnisvollen Schneemenschen zu suchen.«
Holmes unterbrach seine Worte, da ein junger Mann plötzlich den Raum betrat. Dezent überreichte er Mycroft ein Telegramm und trat sodann einen Schritt zurück in Erwartung der Antwort.

»Man höre und staune«, kommentierte Mycroft, während er das Telegramm öffnete, »über welch schier unerschöpfliche Kraft der Phantasie mein Bruder verfügt. Schon im zarten Vorschulalter von vier Jahren verdankte er der sorgsamen Überwachung eines Nachbarhauses die epochale Feststellung, daß Babies nicht vom Klapperstorch gebracht werden, sondern von der Hebamme in einer Tasche.«
Nun überflog er die ihm zugestellte Nachricht, wobei er gedankenvoll auf und ab ging. Dann sah er den jungen Mann an.
»Wiggins, richten Sie ihnen aus, daß die drei Kisten nach Glennahurich gehen. Der rote Läufer kommt – wie vorgesehen – zum Schloß!«
»Sehr wohl, Sir«, antwortete der junge Mann und zog sich zurück.
Mycroft wollte nun das Telegramm lässig auf einen Tisch legen. Dabei fiel ihm jedoch der neugierige Blick seines Bruders auf. Daher legte er es mit dem Text nach unten in ein Bücherregal.
»Warum knüllst du es nicht zusammen und schluckst es hinunter?« stichelte mein Freund ironisch.
»Mein lieber Sherlock, es gibt Dinge zwischen Himmel und Erde, die nun einmal nicht in den Zuständigkeitsbereich eines Privatdetektivs fallen. Du mußt dies begreifen – ob du willst oder nicht!«
»Mit anderen Worten – Schuster, beschränke dich auf deine Leisten?«
»So ist es!«
»Apropos – was hat eigentlich JONAS, Gesellschaft mit *beschränkter* Haftung zu bedeuten?«
In Mycrofts Gesichtsausdruck trat eine auffällige Veränderung ein.
»Als ich sagte, du solltest die Angelegenheit vergessen, handelte es sich weniger um einen Vorschlag als um einen *Befehl*!«
»Oh? Kraft welcher Machtbefugnis, wenn ich fragen darf?«
»Kraft jener Machtbefugnis, die mir die Regierung Ihrer Majestät

verleiht. Ich *hoffe*, mich unmißverständlich ausgedrückt zu haben!«
»Ein Mißverständnis ist völlig ausgeschlossen!«
Damit war unser Besuch im *Diogenes Club* beendet.

Während wir zu Fuß den Trafalgar Square überquerten, gab Holmes pfeifend eine Darbietung des schottischen Volksliedes vom *Loch Lomond*. Weltvergessen arbeitete er sich musikalisch vorwärts bis zu jener äußerst banalen Stelle, wo der Chor mit *You'll tak' the high road, and I'll tak' the low road* einzufallen pflegt.
»Watson«, unterbrach er sich in diesem Moment mit einer völlig unerwartet und überraschend an mich gerichteten Frage, »mein lieber Watson, was fällt Ihnen ein, wenn Sie das Wort *Glennahurich* hören?«
»Ich bin überfragt«, gestand ich.
»Es handelt sich«, begann er zu dozieren, »um einen schottischen Namen, der, wie üblich für alle schottischen Namen, ein Wortgemälde darstellt. *Glen* heißt *Tal*, *na* bedeutet *des*, und *Hurich* ist, wenn mich meine Kenntnis des Schottisch-Gälischen nicht im Stich läßt, eine *Eibe*!«
»Holmes«, drängte ich besorgt, »Sie werden doch diesen Fall aufgeben, oder?«
»Hmm«, brummte mein Freund gedankenverloren, »drei Kisten gehen also ins Eibental!«
»Holmes«, beharrte ich, »Sie distanzieren sich doch von diesem Fall?«
Er antwortete nicht. Er nahm vielmehr wieder seine gepfiffene Interpretation von *Loch Lomond* auf – und diese Melodie verfolgte mich bis in unsere Wohnung.
»Sie werden doch keine weiteren Schritte unternehmen«, bedrängte ich ihn dort erneut und mit Nachdruck.
»Sagen wir einmal so«, äußerte er sich da endlich, »ich weiß jetzt, was unser nächster Schritt zu sein hat. Packen Sie bitte Ihre Sachen!« fügte er hinzu, wobei er Madame Valladon anlächelte.
»Und wohin geht die Reise?«

»Dr. Watson und ich werden Sie heute abend zur Victoria Station bringen, wo Sie um 19 Uhr 30 jenen Zug besteigen werden, der zum Fährschiff ...«
»Fährschiff? Zum Kontinent?« unterbrach Madame Valladon ihn mit zitternden Lippen. »Sie ... Sie schicken mich zurück?«
Holmes gab ihr keine Antwort, sondern nahm ein Kursbuch aus dem Bücherregal, in das er sich vertiefte.
»Sie schicken mich nach Brüssel zurück? Ist Ihnen der Fall zu klein? Bitte, wenn Sie wollen, dann geben *Sie* auf! *Ich* aber werde Emile weiterhin suchen. Und ich lasse mich nicht aufhalten! Auch wenn es mich das Leben kostet!«
»Es kostet Sie lediglich die Bereitschaft, mir genau zuzuhören«, entgegnete Holmes mit ironischem Unterton, wobei er das Kursbuch wieder an seinen Platz stellte. »Gewisse Umstände erfordern, daß wir ein wenig improvisieren – und in diesem Zusammenhang sollten Sie gütigst vermerken, daß ich zwar davon sprach, daß Sie den Zug besteigen werden, ich kann mich jedoch nicht entsinnen, Ihnen gesagt zu haben, daß Sie auch in diesem Zug bleiben sollen ...«
Madame Valladon und ich sahen ihn mit grenzenloser Verwunderung an.
»Alle Welt«, fuhr er fort, »wird um 19 Uhr 30 Zeuge sein können, wie Mr. Sherlock Holmes und Dr. Watson auf einem Bahnsteig der Victoria Station Madame Valladon zum Abschied zuwinken. Um 20 Uhr sodann werden Mr. und Mrs. Ashdown in Begleitung ihres Kammerdieners John an der Euston Station erscheinen, um dort den Schottland-Express mit Fahrtziel Inverness zu besteigen!«
Mir verschlug es die Sprache, da mir schlagartig bewußt wurde, wer dieses Ehepaar sein würde – und wem, nicht genug damit, die demütigende Rolle des Kammerdieners zugedacht war!
Madame Valladon aber flog meinem Freund überglücklich an den Hals und drückte ihm einen Kuß auf die Backe, bevor sie sich in ihr Zimmer zurückzog.
»Wir haben das Wild im Visier«, war Holmes' einziger Kommentar.
»Aber welches Wild?« fragte ich indigniert. »Interessieren Sie

sich tatsächlich so sehr für den Ingenieur aus Belgien – oder sollte Ihnen nicht vielmehr das Geheimnis seiner *Frau* am Herzen liegen?«

Holmes würdigte mich keiner Antwort und verschwand in seinem Zimmer. In diesem Augenblick tauchte Madame Valladon wieder auf. In der Hand hielt sie ihr Sonnenschirmchen. Aufgeregt öffnete und schloß sie es mehrmals hintereinander, dieweil ihre Blicke forschend hin und her schweiften.

»Suchen Sie etwas?« bot ich ihr meine Hilfe an.

»Ja . . . ich kann meinen zweiten Handschuh nicht finden!«

Ich entdeckte ihn sofort unter der Couch.

Erfreut hielt sie mit dem fahrigen Herumhantieren an ihrem Sonnenschirmchen inne und belohnte mich für meine Bemühungen mit einem süßen Lächeln.

Dann aber ließ sie mich stehen, und mir blieb nichts anderes übrig, als verlegen in der Verwirrung meiner Gefühle die Enden meines Schnurrbartes zu zwirbeln.

ACHTES KAPITEL

Drei Kisten im Tal der Eiben

Unser Zug brauste in nördlicher Richtung durch die Nacht. Sanft lag das Mondlicht auf den Hügeln der Landschaft. Die Londoner Außenbezirke lagen weit hinter uns.

Mir dagegen lag es schwer im Magen – und auf der Seele –, daß ich in der gestreiften Weste eines hochherrschaftlichen Kammerdieners im Gang auf und ab gehen mußte, während mein geschätzter Freund sich mit einer Dame von höchst attraktivem Äußeren in den Genuß einer Doppelkabine teilte.

Es mag einem Mann leicht fallen, sich zu verbrecherischsten Schandtaten zu bekennen – das Eingeständnis, ein Ohr zum Zwecke des Lauschens an die Wand gepreßt zu haben, wird ihm immer schwer fallen. Im Interesse der Wahrhaftigkeit ist es mir jedoch nicht gestattet, die Tatsache zu verschweigen, daß ich mich gleich einem Dieb in der Nacht an jene Abteiltüre schlich, hinter der ich Holmes und Madame Valladon wußte. Ich vernahm das Rascheln von Kleidungsstücken! Was taten sie? Was geschah dort – meinen Blicken entzogen?

»Jetzt dürfen Sie sich umdrehen«, drang die Stimme von Holmes an mein Ohr.

»Oh, danke«, erklang darauf die Stimme seiner charmanten Begleiterin. »Huch nein ... das ist also das berüchtigte *robe de nuit*, das Nachthemd, das ihr Engländer im Bett tragt?«

»So ist es«, bestätigte Holmes etwas frostig.

»Ich muß sagen, sein strenger, klassischer Schnitt gefällt mir. Sagen Sie, kommen Sie als Detektiv oft in ... in solche Situationen?«

Spielte mir meine Phantasie einen Streich? Oder schwang tatsächlich eine Art frivolen Ergötzens in ihrer Stimme?

»Nun, wenn ich mich recht entsinne«, konnte ich nun wieder

die Stimme meines Freundes vernehmen, »verbrachte ich einst mit einhundertundzwanzig Haremsdamen eine Nacht in einem Serail, der peinlicherweise schlecht gelüftet war. Das war in Konstantinopel. Dann . . .«

Doch mehr hörte ich nicht. Denn plötzlich wurde für mich völlig unerwartet die Türe aufgerissen, und ich stolperte aus meiner lauschenden Haltung direkt in Holmes' Arme, der mich spöttisch musterte.

»Sie hatten geklopft, John?«

Ich war grenzenlos verwirrt und zu keiner Antwort fähig. Ich fühlte, wie mir das Blut in den Kopf schoß. Durch die offene Tür konnte ich Madame Valladon erspähen, die mit aufgelösten Haaren auf dem unteren Bett saß, gekleidet in ein hauchzartes Etwas, das ihre natürlichen Gaben mehr ent- als verhüllte. In diesem Augenblick jedoch kam der Kontrolleur den Gang entlang.

»O bitte, einen Moment«, rief Holmes ihm zu. »Falls Sie sich der Mühe unterziehen wollten, die Fahrkarten jenes Herrn hier zu kontrollieren, würden Sie ohne Zweifel feststellen, daß er in die dritte Klasse gehört.«

»In der Tat, Sir!« gab sich der Kontrolleur äußerst dienstlich. »In diesem Fall – ich darf wohl bitten!«

Damit packte er mich etwas unsanft am Arm und verfrachtete mich in jenes Abteil, zu dem mich meine unfreiwillig angenommene Rolle verdammt hatte. Noch lange klang mir Holmes' sarkastischer Gutenachtgruß in den Ohren, den er mir, verbunden mit der Bemerkung, er freue sich auf ein Wiedersehen am nächsten Morgen, nachrief, bevor er die Türe seines Abteils endgültig schloß.

In dem Abteil, in welchem ich jetzt Platz nehmen mußte, bemerkte ich mit Interesse neben dem üblichen Gemisch gähnender Erwachsener und quängelnder Kinder sieben Mönche in Ordenskutten. Einem von ihnen trat ich unabsichtlich auf den nackten Fuß, der in einer primitiven Sandale steckte – doch wiewohl ich ihm gewiß nicht unerhebliche Schmerzen zugefügt haben mußte, kam kein Wort über seine Lippen. Auf meine Bitte um Verzeihung erhielt ich keine Antwort, und er fuhr mit unbeirrbarer Konzentration in der Lektüre der Heiligen Schrift fort. Ich machte es mir ihm gegenüber so bequem wie möglich, wobei ich meinen Hut vorsichtig in meinen Schoß legte – in diesen nämlich hatte ich mein Stethoskop eingerollt für den Fall des Falles, daß im Verlaufe dieses neuen Abenteuers sein Einsatz dienlich sein könnte.

Zu meinem Bedauern war eine Unterhaltung mit besagten sieben geistlichen Herren nicht möglich. Der Schnitt ihrer Kutten und ihr sonstiges Gehabe klärten mich schnell dahingehend auf, daß es sich um Trappisten handelte – um Angehörige eines Ordens also, die ein ewiges Schweigegelübde abgelegt haben. Bedauerlich, denn mich dürstete nach angeregter Unterhaltung, zumal ich dummerweise in der Eile unseres Aufbruchs keinerlei Lektüre eingepackt hatte. Der Mönch, dem ich so unsanft auf die Zehen gestiegen war, konnte sich wenigstens mit der Heiligen Schrift die Zeit vertreiben. Mit geschultem Blick gelang mir die Feststellung, daß er seine Bibel ausgerechnet beim Buch Jonas aufgeschlagen hatte.

»Verzeihen Sie«, vergaß ich in diesem Moment alle gebührende Rücksichtnahme, »Sie lesen im Buch Jonas? Welch merkwürdiger Zufall – erst heute früh unterhielten wir uns . . .«

Doch ich vollendete meinen Satz nicht. Ein Blick in das Gesicht des stummen Gottesmannes zeigte mir unmißverständlich, daß hier jeder weitere Versuch, eine Unterhaltung zu beginnen, wirklich vergebliche Liebesmüh' war.

Ich lehnte mich daher zurück und schloß die Augen, wobei meine Gedanken jene Ereignisse umkreisten, die sich derzeit wohl in Holmes' Abteil abspielten. Und im Interesse der Wahrheitsfindung will ich meinen geneigten Lesern nicht vorenthalten, welchen Bericht Holmes mir Jahre später mit seinem verblüffenden Gedächtnis selbst für kleinste Kleinigkeiten über diese Nacht gab.

Persönlicher Bericht von Sherlock Holmes

Wie Ihnen nicht entgangen sein dürfte, mein lieber Watson, verbindet mich mit Julius Cäsar und Napoleon u. a. die Fähigkeit, in jeder nur erdenklichen Situation schlafen zu können. So fühlte ich mich natürlich auch in keiner Weise belästigt durch die Tatsache, daß Madame Valladon in ihrem Bett noch las, dieweil ich im oberen Bett unseres gemeinsamen Abteils bereits in der Dunkelheit lag, da ich meine Gaslampe gelöscht hatte.
Ich war schon fast eingeschlummert, als mich ihre Stimme an der Schwelle zum Reich der Träume zurückstieß.
»Frauen sollte man niemals völliges Vertrauen schenken«, erklärte sie. Neugierig beugte ich mich zu ihr herunter.
»*Wie* beliebten Sie zu bemerken?«
»Diese Bemerkung stammt nicht von mir, sondern von Ihnen«, stellte sie richtig, wobei sie mir mit einer Ausgabe des *Strand Magazine* vor der Nase herumwedelte. »So berichtet jedenfalls Dr. Watson. Er hat mir einige dieser Exemplare verehrt.«
Ich gestattete mir ein Lächeln.
»Der gute Dr. Watson legt mir pausenlos die seltsamsten Äußerungen in den Mund.«
»Es handelt sich hier also nicht um *Ihre* Ansicht?«
»Das habe ich nicht gesagt – ich zähle nämlich durchaus nicht zu den kritiklosen Bewunderern der holden Weiblichkeit!« verwahrte ich mich, wobei mich ein eigenartiges Verlangen überkam, dieser bezaubernden, reizvollen jungen Frau Dinge aus meinem Leben zu enthüllen, die ich bislang selbst meinem guten Watson nicht offenbart hatte. »Ich führe dies zurück auf ein Erlebnis im St. Bartholomew's Hospital, wo mir Anlaß gegeben wurde zu lernen, daß man Frauen grundsätzlich mißtrauen sollte. Und über diese Weltanschauung hat sich Dr. Watson des öfteren mokiert.«
»St. Bartholomew's Hospital? Was Sie nicht sagen! Ich hatte keine Ahnung, daß ein Aufenthalt dort zum Medizin-Studium gehört!«
»O nein, dies hatte nichts damit zu tun«, stellte ich richtig, wobei ich mir immer stärker des Eindrucks bewußt wurde, den

Gabrielle Valladon auf mich ausübte, die sich unter mir in ihren Kissen zurechtrückte, um mir besser zuhören zu können.

»Ich befand mich damals während meines letzten Semesters des Chemie-Studiums dort, und mir war eine junge Assistentin zugeteilt worden«, fuhr ich fort.

»Aha! Und sie war Ihre . . .«

»Nein, nein«, unterbrach ich sie. »Starke amouröse Leidenschaften sind, wie Sie wissen sollten, selten geeignet, sich mit . . .«

». . . der reinen, glasklaren und kalten Vernunft zu vertragen, die Sie über alles stellen«, ergänzte sie mich. »Dies dürfte auch der gute Dr. Watson gemeint haben!«

»Sie faßte schon bald eine Art Zuneigung zu mir, die – ich muß dies bekennen – mir ungeheuer schmeichelte. Doch zu guter Letzt kam ich hinter die wahren Motive dafür, warum sie es immer und immer wieder einzurichten verstand, viele Stunden, Abende, ja ganze Nächte alleine mit mir im Labor zu verbringen.«

»Diese Motive dürften nicht schwer zu erraten sein«, lächelte sie mich mit einem Augenaufschlag an, der mir für immer unvergeßlich bleiben wird.

»Sie irren«, mußte ich dennoch erwidern, »sie bezweckte damit lediglich, sich ohne vorschriftsmäßige Unterschrift im Drogenregister der Chemiker eine ausreichende Menge Zyankali aneignen zu können, um damit ihren Gatten ins Jenseits zu befördern.«

»Wie entsetzlich!«

»In der Tat! Ich erlitt den stärksten Schock meines Lebens«, bestätigte ich mit dem Anflug eines bitteren Lächelns. »Allerdings ein verhältnismäßig geringes Lehrgeld für eine äußerst wertvolle Lektion. Leidenschaften . . .«

». . . vernebeln die Vernunft und ziehen die Urteilsfähigkeit in Mitleidenschaft«, ergänzte mich Madame Valladon mit einem weiteren Zitat aus Watsons gesammelten Werken.

»An sich habe ich nichts gegen tiefere Gefühle«, beeilte ich mich zu versichern. »In meinem Beruf jedoch sind sie mitunter von fataler Wirkung.«

»Hm ...«, ließ sie sich gedankenverloren vernehmen, während sie in den Exemplaren des *Strand Magazine* blätterte, die auf ihrem Bett verstreut lagen. »Wie hieß doch gleich jene Geschichte, in der Ihre Erlebnisse mit den einhundertzwanzig Haremsdamen geschildert wird, die Sie vorhin erwähnten?«
»Sie wurde, wenn ich mich recht entsinne, beschlagnahmt. Dem Verlag wurde eine empfindliche Geldbuße auferlegt – wegen Verbreitung unzüchtiger, jugendgefährdender Schriften. Dr. Watsons Strafe wurde zur Bewährung ausgesetzt und er selber meiner Kuratel als Bewährungshelfer unterstellt.«
Ich warf einen Blick auf meine Uhr.
»Du meine Güte – schon weit nach Mitternacht! Ich wünsche Ihnen eine gute Nacht ... Gabrielle«, sagte ich, und ihr Name kam mir mit einer derartigen Wärme und Herzlichkeit über die Lippen, wie ich sie seit meiner Studentenzeit nicht mehr empfunden hatte. Meine sich an dieser Tatsache entzündenden Gedanken und Empfindungen gehören jedoch keinesfalls hierher, weswegen ich Sie, mein lieber Watson, bitten möchte, Ihren Bericht nun wieder persönlich fortzusetzen.

Soweit Holmes' persönlicher Bericht. Als wir am nächsten Morgen den Zug verließen, forschte ich vergeblich in ihrer beider Gesichter nach einem Indiz für das, was sich wohl während der nächtlichen Fahrt zugetragen habe.
»Sind die Gepäckstücke nachgezählt, John?« riß mich Holmes mit scharfer Stimme aus meinen Gedanken auf den Boden der Tatsachen zurück.
»Vollzählig vorhanden, Sir«, meldete ich gehorsamst.
Madame Valladon ergriff ihr Sonnenschirmchen, das sie wieder einmal mit fahrigen Bewegungen öffnete und wieder zusammenfaltete, wie sie es schon in unserer Wohnung getan hatte. Ich brachte ihre offensichtliche Nervosität in Zusammenhang mit den mir unbekannten Ereignissen der vergangenen Nacht – wiewohl es mir unmöglich war, in ihren Augen Anzeichen der Befriedigung oder der Reue zu entdecken.
»Wie kommen wir von hier nach Glennahurich?« befragte Holmes mittlerweile einen Dienstmann.

»Glennahurich!« wiederholte der Mann mit zahnlosem Mund und äußerst befremdlichem schottischen Dialekt. »Oh, aye – 'ne Meile stadtauswärts. Was wollen Sie denn da?«
»Ach, nur mal so wegen der Aussicht«, erklärte ich schnell. »Meine Herrschaften lieben es, im Freien zu picknicken!«
»Oh, aye – die Aussicht ist o. k.! Aber ich weiß nicht, ob's der richtige Platz für'n Picknick ist«, brummte er.
»Warum?«
»Weil's ein Gottesacker ist – 'n Friedhof!« erklärte er und zog mit seinem Karren davon.
Während wir dem Ausgang des Bahnhofs von Inverness zustrebten, bemerkte ich die Trappisten-Mönche, die – ihre Kapuzen über die Köpfe gezogen – im Gänsemarsch über eine eiserne Fußgängerbrücke trotteten, die die Geleise überspannte. Und einen Moment lang erheiterte mich die Überlegung, wie sich wohl ein Picknick unter Trappisten abspielen würde ...
Glennahurich, wohin uns ein gewundener Feldweg führte, erwies sich in der Tat als ein Tal voller Eiben. Unter den Bäumen befanden sich – teils umgestürzt, teils verfallen und verwittert – die Steinplatten alter, längst vergessener und ungepflegter Gräber, die von Unkraut und Gras überwuchert waren.
Wir schienen genau im richtigen Augenblick in diesem Tal angelangt zu sein. Denn während Holmes nachdenklich von einem Grabstein zum anderen schlenderte, als gälte es, zwischen dieser wahrhaft gottverlassenen Begräbnisstätte und dem anscheinend sich ins Nichts aufgelöst habenden Gatten von Madame Valladon eine Verbindung herzustellen – da machte mich eine seltsame Prozession stutzig:
Einige Männer in der dunklen Kleidung der Totengräber trugen drei Särge zwischen den Gräberreihen entlang – einen von normalen Ausmaßen und zwei kleinere Kindersärge. Nur ein Priester mit aufgeschlagenem Gebetbuch folgte ihnen.
»Holmes«, rief ich, und mein Herz hüpfte vor Erregung, »Holmes, erinnern Sie sich? Wie sagte doch Ihr Bruder? Die drei Kisten gehen nach Glennahurich!«
»Ich möchte meinen«, nickte mein Freund gelassen, »daß auch Sie sich auf dem richtigen Wege befinden, mein lieber Watson.«

Wir folgten dem eigenartigen Trauerzug in respektvoller Distanz, um nicht gesehen zu werden. Ohne Blumen oder Kränze, ohne trauernde Hinterbliebene – so erreichte der Zug schließlich einen Teil des Friedhofs, wo frische Gräber ausgehoben worden waren. Zwei weitere Totengräber warteten dort, gestützt auf ihre Schaufeln, bis der Priester in makaberer Geschwindigkeit seine Gebetsformeln heruntergemurmelt hatte. Dann wurden die Särge in die Gräber hinabgelassen, und die beiden Totengräber machten sich an ihre Arbeit, während der Priester mit den anderen Männern den Friedhof wieder verließ.

Holmes führte uns jetzt an die Gräber heran.

»Guten Morgen«, begrüßte er die beiden Männer.

Nur ein Kopfnicken erhielten wir zur Antwort.

»Viel zu tun, wie?« versuchte dann ich mein Glück.

Jetzt endlich legte der ältere Totengräber eine kleine Verschnaufpause ein. »Nee, eigentlich nicht«, brummte er. »Ist 'ne gesunde Gegend hier. Manchmal gibt's wochenlang keinen Spatenstich zu tun. Und dann wieder mal gleich drei auf einen Schlag!«

»Was ist denn passiert?«

»Ein Unfall. Ein Vater und zwei Söhne – sagt man. Sie sind im Loch Ness ertrunken.«

»Leute von hier?«

»Nee – hier kennt sie keiner. Man erzählt sich, ihr Boot sei durch 'ne Welle zum Kentern gebracht worden. Wenn Sie mich fragen, ich glaub das nicht.«

»Und was glauben *Sie*?«

»Na ja, sie können mich ja ruhig für 'nen Dorftrottel halten, der manchmal seine Nase zu tief ins Glas hängt – aber ich hab mein ganzes Leben hier oben verbracht, und wenn zwei Gören aus dem See gefischt werden, bei denen die Gesichter vor lauter Schreck wie alte Männer aussehen, dann kann das Kentern von 'nem Boot nicht der Grund dafür sein.«

»Sie haben doch gesagt, man habe Ihnen *erzählt*, daß es ein Vater und seine zwei Söhne seien«, warf ich ein. »Woher wissen Sie dann, wie sie ausgesehen haben?«

»McLarnin hat sie gesehen – und dem glaub ich aufs Wort.«

»Und wenn also kein Boot gekentert ist, was soll denn dann wohl geschehen sein?«
»Was hilft's«, zögerte der Alte, »wenn ich Ihnen viel erzähle? Mir glauben Sie ja doch nicht!«
»Wollen Sie etwa damit andeuten, dieses geheimnisvolle Untier könnte im Spiel sein?«
Der Alte nahm seine Schaufel wieder zur Hand, wobei er uns nachdenklich anblickte. In Holmes' Hand hörte ich einige Münzen klimpern, die dann rasch ihren Besitzer wechselten.
»Ich will Ihnen nichts weiter sagen«, brummte der Totengräber, »als daß Sie möglichst 'nen großen Bogen um das Loch Ness machen sollten, falls Sie hier Ferien machen wollen!«
Mehr war aus ihm nicht herauszubekommen. Schweigend vollendete er mit seinem Kollegen die Arbeit. Dann wurden noch drei primitive Holzkreuze in die Erdhügel gerammt, bevor die beiden Männer mit einem letzten stummen Kopfnicken in unsere Richtung ihres Weges gingen.
»Was für ein himmelschreiender Nonsens«, ereiferte ich mich. »Mitten im neunzehnten Jahrhundert gibt es immer noch Menschen, die allen Ernstes an derartige Fabelwesen glauben!«
»Auf alle Fälle«, bemerkte Madame Valladon, »war es für mich eine ungeheuere Erleichterung zu hören, daß es sich um einen Vater und seine zwei Söhne handelt. Ich schäme mich zwar dessen – aber es gibt mir die Gewißheit, daß nicht mein armer Emile in einem dieser Gräber liegt.«
»So sollte man annehmen«, pflichtete ihr mein Freund bei.
»Dann hatten also die drei Särge nichts zu tun mit jenen drei Kisten, die nach Glennahurich gehen sollten«, überlegte ich. »*Was* sind das aber für Kisten, die hierher nach Glennahurich gebracht werden sollen? Und wer ist der *rote Läufer*, der zum Schloß kommt? Und *welches* Schloß kann damit wohl gemeint sein?«
Statt einer Antwort packte uns Holmes rasch an den Schultern und zog uns in den Schutz einiger mächtiger Eiben. Buchstäblich im letzten Moment – sonst wären wir entdeckt worden von den vier Knaben in Knickerbockern, die mit kleinen Blumensträußchen in den Händen über den Friedhof zu den drei Gräbern

gingen. Mich würgte ein Kloß in der Kehle beim Anblick der Kinder, die dort in stillem Gebet niederknieten.

Trotzdem brachte ich es irgendwie fertig, Holmes mein Befremden mitzuteilen. »Der Alte sagte doch, die Ertrunkenen kenne hier niemand«, flüsterte ich erstaunt. »Wer sind dann diese Kinder?«

»Ein Mensch ist durchaus imstande, auch für Fremde Mitleid zu empfinden«, murmelte Madame Valladon. »Es ist herzergreifend!«

»Sie sind hierher gekommen«, erklärte Holmes mit trockener Sachlichkeit, »weil ihre Brüder hier begraben liegen.«

»Ihre Brüder?«

»Und Kinder sind es auch nicht. Ich empfehle Ihrer geschätzten Aufmerksamkeit, sich die Gesichter einmal näher zu betrachten.«

Dann hob er ein Steinchen auf und schleuderte es unter genauester Berechnung der Flugbahn gegen eines der drei provisorischen Holzkreuze. Wie auf Kommando fuhren die Köpfe der vier Betenden herum – und wir blickten aus unserem Versteck in die Gesichtszüge reifer Männer! Auf kindlichen Körpern!

»Großer Gott«, flüsterte ich.

»Sie besitzen die äußerste Körpergröße, die sie je in ihrem Leben erreichen werden«, nickte Holmes.

»Es sind ... Zwerge?« tuschelte Madame Valladon

»Liliputaner, um genau zu sein«, präzisierte mein Freund. »Ich lege Wert auf diese Bezeichnung zur Unterscheidung von kontinentalen Spielarten kindischer Märchenfiguren und Gartenzwerge!«

»Aber wo ist hier ein Zusammenhang?« zermarterte ich mir meinen Kopf.

»Mein lieber Watson! Erinnern Sie sich doch bitte! Würde es Ihnen vielleicht helfen, wenn ich Ihnen den Hinweis gebe, daß es sich um Akrobaten handelt?«

»Absolut nicht«, mußte ich bekennen.

»Entsinnen Sie sich nicht mehr? ›Die purzelnden Pikkolos‹ – die Akrobatentruppe, die einem Zirkus abhanden kamen! Sechs Brüder!«

»Augenblick mal«, dämmerte es mir plötzlich. »Ja doch! War das nicht der Fall, den Sie unlängst ablehnten . . .?«

»Genau, mein lieber Watson. *Diese* ›Purzelnden Pikkolos‹!«

Die vier Liliputaner standen in diesem Moment wieder auf und verließen den Friedhof, ohne uns zu bemerken.

Madame Valladon brach als erste unser Schweigen.

»Mr. Holmes«, sagte sie nachdenklich, »wenn es sich bei den Begrabenen also nicht um einen Erwachsenen und zwei *Kinder* handelt, dann . . .«

»Dann fragt es sich«, ergänzte mein Freund ihre Überlegungen, »wer nun eigentlich in dem dritten Grab liegt.«

Wir lösten diese Frage noch in der gleichen Nacht unter Umständen, die sich unauslöschlich in mein Gedächtnis eingeprägt haben. Kein Mond stand am Himmel, nur der unheimliche Wind fauchte über die Hügel dahin, als wir unser Hotel verließen und ein zweites Mal in das Tal der Eiben pilgerten. Dort gruben Holmes und ich im Schein einer Blendlaterne, die Madame Valladon hielt, das größere der drei Gräber auf. Nach etwa einer halben Stunde hatten wir es geschafft, und Holmes kletterte mit einem Brecheisen hinunter auf den Sarg. Bereits nach wenigen Augenblicken verriet uns ein ächzendes Geräusch, daß mein Freund sein Werk vollbracht hatte.

Madame Valladon und ich traten näher an das geöffnete Grab heran. Im Scheine der Laterne konnte ich gerade noch den Leichnam eines jungen Mannes mit über der Brust gefalteten Händen erkennen – da stieß Madame Valladon neben mir einen spitzen Schrei aus, bevor sie ohnmächtig in meine Arme sank. Gerade konnte ich noch verhindern, daß sie in das offene Grab fiel.

»Emile Valladon?« fragte ich meinen Freund, während ich seiner (wahrscheinlichen) Witwe die Handgelenke massierte.

»Watson!« erklang es nach einer längeren Pause aus der Grube.

»Ja, Holmes«, antwortete ich und schaute zu ihm hinunter.

»Sehen Sie sich das an!«

Mein Blick folgte dem Schein der Laterne. Ich sah den kupfernen Ehering am Finger des Toten – und dann zu dessen Füßen nebeneinander sechs tote Kanarienvögel, deren einst leuchtendes Gefieder eine schmutzig-graue Färbung angenommen hatte.

Unser beider Blicke begegneten sich. Doch es fiel kein Wort. Ich wandte mich wieder meinen ärztlich-humanitären Pflichten zu, während ich hörte, wie Holmes den Sarg schloß und das Grab zum zweiten Mal an diesem Tag zuschüttete.

NEUNTES KAPITEL

Das Ungeheuer vom Loch Ness

Trotz des Schocks, den Madame Valladon erlitten hatte, konnte sie aus eigener Kraft mit uns zum Hotel zurückkehren, wo ich ihr ein starkes Schlafmittel verabreichte.

Am nächsten Morgen erklärte sie ernst und gefaßt, keinesfalls zum jetzigen Zeitpunkt in ihre Heimat zurückkehren zu wollen. Sie habe, so bestätigte sie uns, nun zwar endlich ihren Mann gefunden; sie wolle jedoch nicht ruhen, bis sie die rätselhaften Umstände seines Todes aufgedeckt habe! Und zu meinem Erstaunen erklärte Sherlock Holmes, daß auch er keinesfalls an Rückzug denke.

So geschah es also, daß wir noch am gleichen Vormittag in einer Kutsche zum Loch Ness fuhren – zu jenem sattsam bekannten Binnensee, der an manchen Stellen bis zu gut zweihundert Meter tief und durch den Fluß Ness mit der Moray-Bucht verbunden ist. Madame Valladon und Holmes erfreuten sich dabei des Genusses, bequem in den Polstern der Kutsche zu sitzen, während ich getreu meiner Rolle als Kammerdiener ›John‹ den Platz auf dem Bock neben dem Kutscher eingenommen hatte.

Eingehüllt in wärmende Decken versuchten wir, durch die wallenden Frühnebel hindurch etwas von der Landschaft zu erkennen. Dabei fiel fast kein Wort. Wir alle waren mächtig beeindruckt von dem, was wir von der wilden, romantischen Landschaft der Highlands sehen konnten.

Schließlich erreichten wir das *Caledonian Hotel*, eine einfache, aber nette Herberge, wo uns der Besitzer im Schottenröckchen ein herzliches Willkommen entbot. Für ›Mr. und Mrs. Ashdown‹ hatte er im zweiten Stock ein hübsches Zimmer reserviert, von wo aus man ohne Zweifel einen eindrucksvollen Blick auf den Loch Ness hatte, sofern der Nebel es gestattete.

»Sobald der Nebel sich verzieht«, pries der Besitzer die Lage seines Anwesens, »werden Sie eine phantastische Aussicht haben. Und falls Sie sich die Umgebung näher ansehen wollen – hier habe ich einen kleinen Tourenführer für Sie, der Ihnen sicherlich sehr dienlich sein wird. Falls Sie geschichtlich interessiert sind, nun, dann werden Sie sicher wissen, daß Sie sich hier wahrhaft auf geschichtsgetränktem Boden befinden. *Prince Charlie*! Weiter droben, hinter Inverness noch, haben Sie das Hochmoor von Culloden, wo die Engländer ihn im Jahre '46 besiegten – ein Ort der Trauer und des Schmerzes! Jenseits vom Loch Ness, ganz in der Nähe vom Fort Augustus, liegt Glen Moriston, wo er sich mit seinen sieben Männern vor den blutrünstigen Hunden des Schlächters von Cumberland verborgen hielt – mit Verlaub gesagt, gnädige Frau.«
Sehr viel weniger höflich brachte er dann mich in meine Behausung unter dem Dach. Ich beeilte mich, meine Sachen auszupakken, um schnell wieder zu Madame Valladon und Holmes zurückkehren zu können in fiebernder Erwartung der Dinge, die nun auf dem Programm stehen würden.
»Mein lieber Watson«, begrüßte er mich, »was halten Sie hiervon?«
Er legte mir einen kupfernen Ehering in die Hand. Ein kurzer Seitenblick auf die leise schluchzende Madame Valladon klärte mich darüber auf, daß es nicht *ihr* Ehering war!
»Holmes!« flüsterte ich entsetzt. »Sie wollen doch nicht sagen, daß ... daß Sie ... aus dem Grab ...?«
Sein Kopfnicken jedoch enthob mich jeder weiteren Frage.
»Wie ich unserer ungemein tapferen Gefährtin soeben dargelegt habe, besteht zwischen ihrem Ehering und dem Ring aus dem – achmm – Grab ein deutlicher Unterschied«, erklärte er.
Mit abgewandtem Gesicht hielt mir Madame Valladon ihre Hand hin, damit ich mich überzeugen konnte.
Ein Vergleich zeigte mir sofort, daß das Kupfer ihres Traurings fleckenlos glänzte, wohingegen der Ring des begrabenen Emile Valladon eindeutig eine grünliche Verfärbung aufwies.
»Was hat dies zu bedeuten, Holmes?«

»Dies ist, wie ich es mehr oder weniger intuitiv vorausgesehen habe, ein deutlicher Hinweis dafür, daß Ertrinken als Todesursache ausgeschlossen werden kann.«
Diese neuerliche Anspielung auf Emiles Ableben beantwortete Madame Valladon mit verstärktem Schluchzen. Betreten trat ich ans Fenster und blickte hinaus auf den Loch Ness, der sich jetzt frei vom Nebel dem Auge darbot. Dabei fesselte plötzlich etwas meine Aufmerksamkeit in einem Maße, daß mir eisige Schauer der Erregung über den Rücken liefen. Rasch schloß ich die Augen, öffnete sie wieder – o Gott, kein Zweifel!
»Holmes! Ihr Fernrohr! Rasch!«
Hurtig eilte mein Freund zu seinem Mantel und holte sein zusammenschiebbares Fernrohr.
»Was gibt es, Watson? Was haben Sie entdeckt?«
»Das ... Ungeheuer vom Loch Ness!«
Mit zitternden Händen stellte ich die Schärfe ein und richtete meinen Blick hinaus auf jenen schemenhaften Körper mit einem langen, ungeschlachten Dinosaurierhals, der mit kräuselnden Wellen die Wasseroberfläche des Sees durchschnitt.
»Dort!« schrie ich.
Madame Valladon trat zu uns, während Holmes nun auch durch das Fernrohr auf den See starrte. Doch just in diesem Augenblick verschwand das Ungeheuer, ohne eine Spur auf dem Wasser zu hinterlassen.
»Ich sehe nichts«, stellte mein Freund nüchtern fest.
»Weil es verschwunden ist«, rief ich und bemühte mich, mit meinen bloßen Augen irgendwo noch eine Spur von dem zu entdecken, was ich gesehen hatte.
»Wenn es überhaupt dort gewesen ist.«
»Holmes, ich schwöre Ihnen, ich habe es gesehen – so klar, wie ich Sie jetzt vor mir stehen sehe!«
»Mein lieber Watson, wir leben, wie Sie so trefflich bemerkten, im neunzehnten Jahrhundert ...«
»Sie zweifeln also an meinen Worten?«
»Drücken wir es lieber so aus, daß ich an Ihrem Sehvermögen zweifele. Außerdem weiß ich um Ihre alte Vorliebe für alles Bizarre und Bunte.«

Ich schnaufte voller Empörung und sah mich hilfesuchend nach Madame Valladon um. Die aber starrte mit ausdruckslosem Gesicht hinaus auf den Loch Ness.
»Nun denn«, resignierte ich, »kommen wir also auf unser ursprüngliches Thema zurück. Was ist denn nun die Todesursache von Mr. Valladon?« – »Erstickung!«
»Gewiß, beim Ertrinken erstickt man.«
»Nicht *nur* beim Ertrinken«, widersprach mein Freund und hielt den Ring hoch. »Es gibt nur einen einzigen Stoff, der in der Lage ist, gleichzeitig Kupfer grün zu färben und das Federkleid von Kanarienvögeln auszubleichen – Chlorgas!«
»Hoho!« mandelte ich mich auf. »Und *Sie* werfen mir Phantastereien an den Kopf! Ihre Theorie werde ich akzeptieren, sobald Sie auch mir Glauben schenken – ich *habe* dort draußen etwas gesehen!«
»Lächerlich.«
»Nicht im entferntesten! Ich bin weder betrunken noch daran interessiert, den hiesigen Fremdenverkehr zu fördern oder der Sensationspresse Schlagzeilen zu liefern! Und daher bestehe ich mit allem Nachdruck darauf, daß . . .«
»Mein lieber Watson«, unterbrach mich mein Freund, »ich darf doch wohl daran erinnern, daß der Zweck unseres Hierseins keineswegs in der Jagd nach Kobolden, Elfen und Phantomen zu sehen ist! Kehren wir also bitte zu nüchterner Logik zurück und zu uns zur Verfügung stehenden Hinweisen und Anhaltspunkten.«
»Und die wären?«
»Nun, beispielsweise der Hinweis auf ein Schloß«, bemerkte Holmes, bereits nachdenklich im Tourenführer des Hotelbesitzers blätternd, aus dem er schließlich eine Faltkarte der Umgebung herausklappte.
»Und Sie berufen sich auf die Logik«, rief ich. »Dabei sind Sie der unlogischste Mensch der Welt!«
»Und warum, wenn die Frage erlaubt ist?«
»Seit Jahr und Tag beleidigen Sie meine innersten Gefühle mit der Behauptung, ich besäße ein äußerst schlecht ausgebildetes Vorstellungsvermögen – und jetzt behaupen Sie, meine Beob-

achtung von vorhin sei nichts als ein hirngespinstiges Produkt meiner Phantasie!«
Holmes hob zur Antwort lediglich seine Augen flehend zur Zimmerdecke. Dann vertiefte er sich wiederum in das Studium der Landkarte. »Fragt sich nur, *welches* Schloß«, murmelte er dabei zwischen den Zähnen.

In den fortgeschrittenen Morgenstunden hatte ich erneut Anlaß, Madame Valladons Energie zu bewundern, als sie hinter Holmes auf ein entliehenes Tandem kletterte und mit meinem Freund auf diese Weise jenem Schloß entgegenradelte, das Holmes als ersten Bezugspunkt unserer Inspektionsfahrt auserkoren hatte. Ich selbst wetzte auf einem Dreirad hinter den beiden her.
Die Sonne tauchte das Wasser des Loch Ness in ein glitzerndes Licht. Rechts und links unseres Weges lagen grüne Wiesenhänge, auf denen Schafe weideten. Wie wir so durch die Landschaft fuhren in unserem Fahrrad-Dreß und mit dem an meiner Lenkstange befestigten Picknick-Korb, hätte uns jedermann für vergnügte Sommerfrischler gehalten, deren gute Laune weder von Zweifeln noch von Sorgen belastet war.
Doch zu den durchaus vorhandenen Sorgen und Zweifeln sollte sich schon bald herbe Enttäuschung gesellen. Das erste Schloß, schroff und unheimlich der zerklüfteten Landschaft entsprechend, barg nichts in seinem Inneren, was für uns von Interesse gewesen wäre. Das galt auch für alle anderen Schlösser, die wir nacheinander in rascher Folge absolvierten. Ich war daher äußerst angetan von Holmes' Vorschlag, gegen Mittag auf einer Wiese eine Verschnaufpause einzulegen.
»Ausgezeichnet«, sinnierte ich, bequem im Grase liegend, »wir können mittlerweile acht Schlösser verbuchen, durch die der Wind pfeift. Ferner etliche Schafherden, die wir beinahe überfahren hätten. Außerdem haben wir ohne größere gesundheitliche Schädigungen die mißtönenden Klänge der Dudelsäcke überstanden. Und sind nun – summa summarum – so klug wie zu Beginn unserer denkwürdigen Expedition.«
»Die Preiselbeer-Sauce, John«, war Holmes' einzige Reaktion auf meine Feststellungen.

In diesem Augenblick bemerkte ich einige Gestalten, die des Weges kamen. Sogleich erkannte ich in ihnen jene sieben Mönche, mit denen ich im Zug das Abteil geteilt hatte.
»Hallo«, grüßte ich. »Guten Tag und guten Weg!«
Natürlich zollten sie mir nicht die geringste Beachtung – was ich eigentlich auch gar nicht erwartet hatte. Madame Valladon jedoch erhob sich aufgeregt und hantierte einmal mehr nervös an ihrem Sonnenschirmchen herum – auf und zu, auf und zu, auf und zu.
»Da! Eine Biene! Weg mit dir, schreckliches Tier!« rief sie erschreckt.
Diese Bewegung schien die Aufmerksamkeit des stattlichen Obermönchs, oder wie immer man ihren Anführer zu bezeichnen hat, zu erregen. Kurz blickte er in unsere Richtung. Dann aber watschelte die Kolonne stumm weiter die Straße entlang, bis sie unseren Blicken entschwand.
»Freunde von Ihnen?« begehrte Holmes zu wissen.
»Nur ein paar Mönche«, entgegnete ich, ängstlich darauf bedacht, eventuellen beißenden Kommentaren seinerseits vorsichtig den Wind aus den Segeln zu nehmen. »Trappisten. Ich begegnete ihnen im Zug. Eigenartigerweise las einer von ihnen, ob Sie's mir glauben oder nicht, ausgerechnet im Buch Jonas. Seltsam, nicht wahr?«
»In der Tat«, bemerkte Holmes.
Wenig später traten wir bereits wieder kräftig in die Pedale. Unser Ziel war eine weit in die See hinausragende Landzunge, auf der sich die ruinösen Überreste von Urquhart Castle befanden – ein wirres Durcheinander verfallener Schloßgemäuer, ein Wachtturm, verschiedene andere Gebäudeteile, all dies ziemlich verkommen und offensichtlich seit Jahren völlig vernachlässigt. Im Inneren jedoch entdeckten wir zu meinem Erstaunen riesige Gerüste. Und etwa zwei Dutzend Männer, die anscheinend mit Restaurierungsarbeiten befaßt waren. Im Steinschutt des Innenhofes waren Baracken und Zelte als Unterkünfte aufgeschlagen, zwischen denen Wäscheleinen gespannt waren.
Dies alles entdeckten wir vom Tor aus, vor welchem wir abgestiegen waren. »BETRETEN VERBOTEN« informierte uns ein

unübersehbares Schild. Ein älterer Mann im Kilt eilte uns entgegen.
»Bedauere sehr, die Herrschaften«, erklärte er. »Während des Umbaus ist das Schloß für Besucher nicht zugänglich!«
Holmes inspizierte mit interessierten Blicken seine Umgebung.
»Welche Arbeiten werden denn durchgeführt?«
»Das Schloß wird im Auftrag der Schottischen Schlösser- und Seenverwaltung völlig restauriert.«
»Äußerst betrüblich«, meinte Holmes etwas kleinlaut, »ich hätte meiner Frau besonders gerne Urquhart Castle gezeigt! Der Turm soll doch, wenn ich mich recht entsinne, ein sehenswertes Bauwerk aus dem Jahre 1400 sein?«
»Stimmt«, bestätigte der Mann.
»Ach, ist das dumm! Wie war das doch noch gleich – da regierte doch Jakob II.? Oder war es etwa doch schon Jakob III.?«
»Jakob III.«, kam nun schon etwas ungeduldig die Antwort.
»Kommen Sie nächstes Jahr wieder mal vorbei, dann führe ich Sie gerne herum.«
Wir bestiegen unsere Räder und radelten wieder von dannen.
»Ein auffallend ungebildeter Bursche«, bemerkte Holmes, der mit sportlichem Geschick freihändig eine kurvenreiche Gefällstrecke hinter sich brachte, während er in dem Tourenführer blätterte.
»In welcher Hinsicht?« fragte ich etwas atemlos, da ich Mühe hatte, jenes Tempo zu halten, das er mit Madame Valladon auf dem Tandem vorlegte.
»Baujahr 1500, Jakob IV.«, beschied er mich in sachlicher Kürze.
»Dies ist doch aber bei einem amtlichen Fremdenführer recht merkwürdig«, gab Madame Valladon zu bedenken.
»*Wenn* er ein amtlicher Fremdenführer ist«, bemerkte Holmes. Dann bremste er plötzlich scharf und hob die Hand.
»Still! Horchen Sie!«
Ich horchte, konnte jedoch außer heiterem Vogelgezwitscher nichts vernehmen.
»Fällt Ihnen kein besonderes Geräusch auf?«
»Nicht die Spur. Die Piepmätze vollführen geradezu einen Höllenspektakel«, lachte ich.

»Genau«, brummte Holmes ernst. »Dies meine ich. Und nicht irgendwelche Vögel – es sind unsere gefiederten Freunde aus der Ashdown Street.«
Madame Valladon und ich blickten in der Richtung seines ausgestreckten Zeigefingers. Und dort entdeckten wir auf der Uferstraße, die zum Schloß führte, ein Pferdefuhrwerk. Auf dem Kutschbock sahen wir die beiden Männer, die das Geschäft mit der sogenannten Herzogin abgewickelt hatten. Und das Gezwitscher kam eindeutig aus dem Inneren des Fuhrwerks.
Jetzt hielt das Fuhrwerk an. Zwei Männer in Arbeitskleidung eilten vom Schloß herbei und ließen sich den Käfig mit den Kanarienvögeln aushändigen, den wir bereits von London her kannten. Dann wurde die Plane zurückgeschlagen und eine schwere Holzkiste herausgehoben. Gläserne Korbflaschen waren in dieser Kiste enthalten, auf der ich mit bloßen Augen folgende Inschrift erkennen konnte:

Vorsicht!
Stark ätzend!
Schwefelsäure

»Schwefelsäure!« formulierte ich meine Beobachtung.
»Was ist denn das nun schon wieder – wir entdecken alle Augenblicke neue, seltsame Dinge«, wunderte sich unsere Begleiterin.
»Durchaus nicht seltsam«, belehrte sie Holmes. »Jedem Chemiker ist klar, was hier gespielt wird. Schwefelsäure läßt, mit Meerwasser in Verbindung gebracht, Chlorgas entstehen.«
Ängstlich beobachtete ich Madame Valladon. Doch die neuerliche und leider nicht zu umgehende Anspielung auf die Umstände des Todes von Emile Valladon lösten diesmal keinerlei Reaktionen der Trauer oder Verzweiflung aus. Aufmerksam verfolgte sie mit ihren Blicken die beiden Arbeiter und die beiden Fuhrleute, die gemeinsam den Käfig und die wuchtige Kiste ins Schloß schleppten.
»Der Burg-Turm könnte sich unter Umständen als äußerst sehenswert herausstellen«, kommentierte mein Freund diese Szene.

Ich nickte zustimmend – wenn auch mit etwas gemischten Gefühlen angesichts der drei Doggen, mit denen der so seltsam ungebildete Fremdenführer nun vor das Tor trat. Flugsen Schenkels radelten wir sofort aus Sicht- und Hörweite der merkwürdigen Vorgänge beim Schloß Urquhart Castle.
Nach einiger Zeit fühlten wir uns in Sicherheit und mäßigten unser Tempo.
»Wohin jetzt, Holmes?«
»Zurück zum Hotel«, erteilte er mir die erhoffte Antwort.
»Und dann?«
»Mein lieber Watson, mich dünkt, wir haben Ihrer alten Kriegsverletzung genügend zugesetzt mit unserer Radtour. Ich würde daher für den Nachmittag eine Bootspartie vorschlagen – wenn Madame Valladon einverstanden ist.«
»Mit einem ehemaligen Mitglied der Rudermannschaft von Oxford«, lächelte sie, »wäre mir dies ein außerordentliches Vergnügen.«

Und so ruderten wir Stunden später im Schein der untergehenden Sonne über den Loch Ness. Über dem See lag bereits eine empfindliche Kühle, und die ersten Anzeichen des Abendnebels ließen sich erkennen. Dramatische, gefährliche Ereignisse lagen in der Luft, und mehr als einmal griff ich an meine Tasche, wo ich zu meiner Beruhigung meinen alten Dienstrevolver spürte. Holmes hatte sich, wie üblich, nicht der Mühe unterzogen, mir seine Pläne näher darzulegen. Gemeinsam legten wir uns in die Ruder. Und als die Sonne hinter den schroffen Bergrücken unterging, waren wir in Sichtweite jener Landzunge gelangt, der wir vor einigen Stunden erst einen Besuch abgestattet hatten. Nebelschwaden umzogen das unheimliche Gemäuer. Sonst regte sich nichts.
Plötzlich starrte Madame Valladon mit aufgerissenen Augen an mir vorbei aufs Wasser. Holmes und ich drehten uns um, den Grund ihres Erschreckens herauszufinden. Wirbelnde Nebelschwaden nahmen uns zunächst die Sicht. Dann aber sahen auch wir es – das Ungeheuer vom Loch Ness!

Knappe hundert Meter von uns entfernt bewegte es sich parallel zu uns auf dem gleichen Kurs. Sein langer Rücken glänzte über der Wasseroberfläche, und steil war sein häßlicher Hals in die Höhe gerichtet. Wie ein Boot der Wikinger! Kleine Hörnchen wie bei einer Giraffe krönten sein Haupt – darunter erkannten wir dunkle, unheimliche Glotzaugen. Kleine Dampfwolken pafften aus den Nasenlöchern. Ein gleichermaßen unglaubliches wie abscheuliches Bild, das sich uns da bot.

»Rasch!« rief Holmes. »Ihm nach!«

Kraftvoll stemmten wir uns in die Ruder. Doch zu meiner Bestürzung mußte ich feststellen, daß das Ungeheuer seinen Kurs nicht hielt. Wir waren im Begriff, genau in seine Bahn hineinzurudern.

»Holmes«, keuchte ich, »wäre es nicht vorzuziehen, daß wir von ihm wegruderten?«

Holmes gab keine Antwort, legte sich nur noch kräftiger in die Riemen.

»Sehen Sie, da!« schrie Madame Valladon plötzlich.

Das Pullen strengte uns so an, daß wir einige Zeit nicht in Richtung des Ungeheuers geschaut hatten. Aufmerksam gemacht durch unsere Gefährtin, entdeckten wir jetzt, daß das Biest untertauchte. Einige Sekunden lang ragte noch sein furchterregender Hals über die Wasseroberfläche – dann entschwand es endgültig unseren Blicken.

»Holmes«, schnaufte ich, »glauben Sie mir jetzt endlich? Es ist weg, spurlos verschwunden, wie heute morgen! Bitte sagen Sie mir jetzt nicht wieder, es sei alles ein Hirngespinst!«

»Schweigen Sie bitte«, herrschte er mich an. »Horchen Sie lieber!«

Mäuschenstill verharrten wir im Boot. Doch außer dem leisen Plätschern der Wellen war nichts zu hören.

»Haben Sie Ihr Stethoskop bei sich?« sprach mich Holmes plötzlich an.

»Selbstverständlich«, erklärte ich und wickelte das Gerät aus meinem Hut.

Holmes nahm es mir aus der Hand und schickte sich zu meinem nicht geringen Erstaunen an, die Wasseroberfläche abzuhorchen.

Madame Valladon und ich beobachteten ihn kopfschüttelnd.
»Aha«, ließ sich mein Freund plötzlich vernehmen. »Ich höre etwas!«
Trotz der Dunkelheit konnte ich erkennen, daß unsere Begleiterin kreidebleich wurde. Und auch ich verspürte, wie mir eine Gänsehaut über den Rücken kroch.
»Es kommt näher«, brüllte Holmes plötzlich.
Entschlossen ergriff ich eines der Ruder, um damit allen Eventualitäten wehrhaft begegnen zu können. Gleichzeitig zog ich meinen Revolver.
In diesem Moment teilte sich das Wasser und dicht neben uns tauchte der Kopf des Untiers wieder aus den dunklen Fluten auf. Madame Valladon schrie auf. Mir drehte sich bei dem entsetzlichen Anblick der Magen um. Und dann kenterte unser Boot, und wir wurden in das eisige Wasser geschleudert. Noch einmal hörte ich die Stimmen von Holmes und von Madame – dann aber schlug das Wasser über mir zusammen, und hilflos sank ich hinab in die dunkle, tödliche Tiefe . . .

ZEHNTES KAPITEL

Der rote Läufer

Man sagt, in den letzten Augenblicken vor dem Tode rolle vor dem inneren Auge des Menschen sein Leben blitzartig in einer Art kinematographischer Abfolge bewegter Bilder noch einmal ab.

Dem kann ich nicht zustimmen. Mein Geist war in jenen grauenhaften Sekunden einzig mit praktischen Erwägungen beschäftigt, die auf das Ziel ausgerichtet waren, dieser Hölle zu entkommen. Für metaphysische Dinge fehlten mir Zeit und Ruhe. Mit aller Energie kämpfte ich gegen den Sog, der mich auf den Grund des Loch Ness zu ziehen versuchte. Und es gelang mir tatsächlich, wieder an die Wasseroberfläche zu gelangen.

»Hierher, Watson«, hörte ich in diesem Moment die Stimme meines Freundes.

Die Welt der Lebenden hatte mich offensichtlich wieder, und mich überkam ein riesiges Glücksgefühl.

»Watson, Mann Gottes, so halten Sie sie doch fest!« tönte abermals Holmes' Stimme an mein Ohr – sie klang gereizt.

Jetzt erst wurde mir deutlich, daß dicht vor meinen Augen Madame Valladon mit totenblassem Gesicht im Wasser trieb. Ich paddelte zu ihr hinüber und nahm sie behutsam in meine Arme, wobei ich uns beide Wasser tretend vor dem Untersinken bewahrte.

»Sind Sie wohlauf?« fragte ich – und war überrascht, nach der überwundenen Todesgefahr meine eigene Stimme wieder zu vernehmen.

»Danke«, flüsterte sie matt. »Nur mein Schirmchen habe ich verloren.«

In einiger Entfernung entdeckte ich jetzt auch unser kieloben treibendes Boot, an das Holmes sich klammerte. Mit ein paar

kräftigen Schwimmzügen brachte ich uns beide ebenfalls dorthin.
»Sehen Sie sich das an«, begrüßte mich mein Freund und wies mit dem Finger auf Schloß Urquhart Castle.
Zu meinem grenzenlosen Erstaunen konnte ich bemerken, wie sich das rings um den Turm errichtete Gerüst langsam hob. Bis über den Turm hinaus. Und dann senkte es sich ebenso langsam wieder.
»Was in aller Welt bedeutet das?«
»Ich neige zu der Annahme«, lächelte Holmes, »daß unser Ungeheuer nach erledigtem Tagwerk zum Nachtmahl heimgekehrt ist. Ein Beispiel, dem wir folgen sollten.«
Nach unserem aufregenden und an Strapazen so reichen Abenteuer glücklich wieder in unserem Hotel angelangt, weckten wir mit Brandy unsere Lebensgeister wieder auf, wobei wir uns in wärmende Decken gehüllt um das prasselnde Kaminfeuer versammelten. Holmes schien wie ich ungeheuer erleichtert, daß unsere Expedition so glimpflich abgelaufen war. Er pfiff vor sich hin – und zu meiner Verwunderung vernahm ich das Hauptthema von *Schwanensee.*
Ich war äußerst neugierig, etwas von seinen Gedanken zu erfahren, machte mir jedoch diesbezüglich keinerlei Hoffnungen. Seit Jahren war mir seine Art bekannt, sich gerade dann alles andere als mitteilsam zu geben, wenn die Ereignisse im Zusammenhang mit der Lösung eines Falles in das entscheidende Stadium traten.
»Es mag zwar seltsam klingen«, sprach er mich plötzlich völlig unerwartet an, »aber die augenblickliche Situation erinnert mich an etwas, was wir gemeinsam erlebt haben.«
Der Sinn seiner Worte blieb für mich dunkel, und ich schaute ihn leicht verwirrt an.
»Denken Sie doch nach«, lächelte mein Freund. »Im Ballett! Dort gab es einen See und ein Schloß. Und es gab einen Schwan, der gar kein Schwan war. In unserem Fall jetzt gibt es ein Ungeheuer, das gar kein Ungeheuer ist.«
»Aha«, brachte ich über die Lippen, unfähig, seinen Gedankengängen zu folgen.

»Überlegen Sie doch einmal, mein lieber Watson! Was ist das: man füttert es mit Kanarienvögeln und Schwefelsäure, und es hat eine Maschine als Herz?«
»Sie sehen mich überfragt.«
»Strengen Sie sich etwas an!«
Ich zermarterte mir meine grauen Zellen. Doch die Antwort kam nicht von mir, sondern von Madame Valladon, die in einen Morgenmantel gehüllt auf der Couch dicht beim Feuer lag.
»Eine Maschine?«
»In der Tat! Das Stethoskop nahm mir jeden Zweifel hinsichtlich der Tatsache, daß wir es mit einem mechanischen Ungeheuer zu tun haben.«
»Du lieber Himmel!« entfuhr es mir.
»Es besitzt ein künstliches Herz und künstliche Lungen. Und ist, wie aus den an die Wasseroberfläche steigenden Luftblasen zu vermuten ist, wahrscheinlich mit einer neuartigen Luftpumpe ausgestattet.«
»Und Sie meinen, mein Mann ist in . . . in diese Geschichte verwickelt als Ingenieur?«
»So dürfte es gewesen sein.«
»Warum sollte aber«, fragte ich, »jemand auf den Gedanken kommen, ein *mechanisches Loch-Ness-Ungeheuer* zu konstruieren? Doch wohl gewiß nicht im Interesse des Tourismus.«
»Dies würde ich auch bezweifeln.«
»Um den Menschen einen Schrecken einzujagen?«
»Auch diese Wahrscheinlichkeit ist gering.«
»Warum hat man verhindern wollen«, unterbrach Madame Valladon unsere Überlegungen, »daß ich meinen Mann finde? Warum wurde er anonym, als Namenloser bestattet?«
»Ich sehe inzwischen ziemlich klar, was man damit bezweckte – beziehungsweise noch bezwecken möchte«, erklärte Holmes.
»Und wer, bitte, ist *man*?«
»Die Schottische Schlösser- und Seenverwaltung! – – – Ja, herein!«
Es hatte an der Türe geklopft. Nun trat unser Hotelbesitzer ein. Er überbrachte Holmes eine überdimensionale Sekt-Flasche.
»Ah, Mr. Ashdown. Hier ist Ihr Champagner!«

»Ich entsinne mich nicht, welchen bestellt zu haben.«
»Stimmt. Sie möchten ihn bitte nur abgeben.«
»Und wo, wenn die Frage erlaubt ist?«
»Das entzieht sich meiner Kenntnis, Sir. Aber der Wagen wartet bereits auf Sie.«
Der Besitzer empfahl sich mit einem tiefen Kratzfuß. Holmes wappnete sich mit Umhang und Jagdmütze und ergriff die Flasche.
»Mein lieber Watson, Sie sollten besser hier bei Gabr... bei Madame Valladon bleiben.«
»Das werde ich bestimmt *nicht* tun«, rief ich erregt. Sein Verhalten machte meinen Protest entschuldbar. »Madame wird sich hier eher in Sicherheit befinden als Sie, wenn Sie mit was weiß Gott für einem Ziel und einer Flasche Champagner in die Nacht verschwinden.«
Holmes warf einen Blick zu unserer Gefährtin.
»Ich bin sehr müde, Mr. Holmes«, flüsterte sie. »Ich würde Sie ja gerne begleiten. Aber ich fürchte...«
»Ich habe vollstes Verständnis«, kam er ihr entgegen. »Aber im Interesse Ihrer Sicherheit werden wir Ihre Türe von außen doppelt verriegeln.«
»Ach, das ist doch aber sicher wirklich nicht nötig«, warf sie ein.
»Ich hoffe es. Aber trotzdem. Sollte ich mich nämlich irren, dann könnte ich mir dies nie verzeihen. Ruhen Sie sich aus, meine Liebe. Und hoffen wir, daß die ganze Angelegenheit aufgeklärt ist, wenn wir wieder zurück sind.«
Vor dem Hotel erwartete uns ein Zweispänner. Der Kutscher erwies sich zu meiner Verwunderung als jener Herr im Schottenrock, den wir bereits als angeblichen Fremdenführer von Schloß Urquhart Castle kennengelernt hatten.
»Wohin geht die Fahrt?« verlangte mein Freund zu wissen.
»Sie täten gut daran, gleich einzusteigen«, gab der Kutscher zur Antwort. »Wir sind schon reichlich spät dran!«
Wir stiegen ein.
»Wohl eine Party, oder?« meinte Holmes, auf die Flasche in seinem Arm anspielend.

Das Lächeln des Kutschers entzog sich jeder Deutung. »Die Gästeliste wird Sie jedenfalls nicht enttäuschen«, lachte er.
»Und wer ist unser Gastgeber?« fragte ich neugierig, während wir bereits im flotten Trab in Richtung Urquhart Castle unterwegs waren.
»Jonas!«
Fest in meinen warmen Mantel gekuschelt betrachtete ich die nebelverhangene Landschaft, durch die wir fuhren. Zu meiner Beruhigung umklammerte ich meinen Revolver, den ich im Hotel gereinigt, getrocknet und mit frischem Pulver versehen hatte. Und ich schickte ein Stoßgebet zum Himmel, er möge – im Falle eines Falles – funktionieren.
Das Schloß, das wir schließlich erreichten, bot einen noch unheimlicheren Eindruck, als ich es in Erinnerung hatte. Flackerndes Fackellicht tauchte das alte Gemäuer in einen rötlich-gelben Schein. Überall huschten Menschen geschäftig herum, und ihre Schatten tanzten wie riesige Fabelwesen über die Ruine. Weit stand das Tor offen. Ungehindert fuhren wir in den Innenhof.
»Dort entlang«, erklärte der Kutscher mit einer Handbewegung. Wir stiegen aus und begaben uns in die angewiesene Richtung. Heimlich beobachtete ich Holmes von der Seite, der die geheimnisvolle Flasche wie eine Keule trug – bereit, jeden Moment zuzuschlagen. Ich selbst hielt in meiner Tasche den Revolver fest umklammert.
Plötzlich spürte ich, wie meine Füße auf etwas Weiches traten. Meine Blicke, bis jetzt auf der Lauer nach versteckten Gefahren immer auf unsere Umgebung gerichtet, gingen nach unten. Ich war überrascht, uns über einen roten Teppich laufen zu sehen. Einen Teppich, der vom Schloßhof genau zum Turm führte. *Der rote Läufer!* War dies vielleicht das fehlende Glied in der Kette? Standen wir vielleicht nicht nur auf dem roten Läufer, sondern sogar dicht vor des Rätsels Lösung? Und mit welchen Gefahren würde diese Lösung verbunden sein?
Jetzt erst fiel mir genau in der Richtung, in welcher wir uns bewegten, die Gestalt eines Mannes auf, der vor einem Zelt stand. Er hielt seine Hände hinter dem befrackten Rücken verschränkt

und wartete, bis wir ihn erreicht hatten. Dann musterte er uns von Kopf bis Fuß.

»Willkommen auf Schloß Urquhart Castle, Gentlemen!«

»Guten Abend, Mycroft«, erwiderte Sherlock Holmes.

ELFTES KAPITEL

Victoria Regina

Mein Gefährte schien – zum ersten Mal in seinem Leben – restlos verblüfft zu sein.

»Mein lieber Mycroft«, sagte er zu seinem Bruder, der uns lächelnd durch sein Monokel betrachtete, »meinetwegen hättest du wirklich keinen roten Läufer ausrollen müssen.«

»Deinetwegen wurde er auch nicht ausgerollt, mein lieber Sherlock. Ich hoffe, daß ihr saubere Füße habt.«

»Es läge mir fern, deinen Teppich zu beschmutzen.«

Mycroft schmunzelte und griff nach der Flasche, die Holmes immer noch in der Hand hielt.

»Die nehme ich an mich!«

»Keineswegs einer der besten Jahrgänge«, bemerkte mein Freund und überreichte Mycroft die Flasche.

»Da stimme ich zu. Schließlich ist er aber auch nicht zu Gaumenfreuden vorgesehen«, antwortete Mycroft und wandte sich dann an den Herrn im Schottenrock, der neben ihm stand. »Eine Schlinge um den Hals, Mac Gregor«, befahl er.

Blitzschnell fuhr bei diesen Worten meine Hand in die Tasche, bevor mir bewußt wurde, daß wohl offensichtlich die Flasche und nicht mein Hals gemeint war! Mycroft folgte der Bewegung meiner Hand, und schon erwartete ich den Befehl, die Waffe an ihn abzuliefern. Dieser erfolgte jedoch nicht, und Mycroft Holmes bat uns, ihm in das Innere des Zeltes zu folgen.

Zunächst hatte ich den Eindruck, die Werkstatt eines Mechanikers zu betreten. Maschinenteile, Schwungräder, Eisenstangen, Wellen, Bolzen, Zylindergehäuse, wohin das Auge blickte. Gleichzeitig aber fielen mir Gegenstände auf, die mir in beklemmender Weise bekannt vorkamen:

Da stand neben einem Feldbett ein Koffer, auf den groß der

Name VALLADON gepinselt war. An dem Koffer lehnte das Sonnenschirmchen von Madame Valladon. Und auf ihm lag mein Stethoskop, das mir beim unfreiwilligen Bad im Loch Ness abhanden gekommen war.

Jetzt sah Mycroft meinen Freund mit strafendem Blick an.

»Ungeachtet meines ausdrücklichen Befehls, Sherlock, hast du dich in diese Angelegenheit gemischt. Ich hätte es unter diesen Umständen nicht bedauern können, wenn ihr bei eurer Mission ertrunken wärt.«

»Ich bedauere außerordentlich, dir diesen Gefallen nicht erwiesen zu haben.«

»Ich gehe wohl recht in der Annahme«, meinte Mycroft bissig, »daß dieser Sonnenschirm eurer charmanten Begleiterin und jenes Stethoskop deinem Herrn ›Kammerdiener‹ gehören?«

»Sehr wohl«, brummte Holmes. »Und um auf die Ereignisse auf dem Loch Ness zu kommen ...«

»Was weißt du? Wieviel weißt du? Was glaubst du zu wissen?« fuhr ihm sein Bruder in die Rede.

»Ich glaube, ihr erprobt irgendeine Art von Unterwasserfahrzeug, das ihr als See-Ungeheuer getarnt habt. Es wird von einer aus Liliputanern gebildeten Mannschaft bedient«, erläuterte Holmes. »Ferner nehme ich an, daß dieses Unterwasserschiff mittels Strom aus Schwefelsäure-Akkumulatoren angetrieben wird. Deshalb werden an Bord lebende Gas-Detektoren mitgeführt – Kanarienvögel! Alles in allem eine schlaue Erfindung.«

»So schlau und einmalig nun auch wieder nicht«, erklärte Mycroft bedauernd. »Augenblicklich arbeitet man in vier Nationen fieberhaft an der Entwicklung eines – wie wir es bezeichnen – *Tauchbootes.* Bislang jedoch konnte das Kernproblem noch nicht befriedigend gelöst werden, nämlich dem Boot eine Tauchzeit zu ermöglichen, die lang genug ist, um das Boot wirkungsvoll zum Einsatz bringen zu können.«

»Und was sagt die Heilige Schrift zu diesem Problem? ›Und Jonas war im Leibe des Fisches drei Tage und drei Nächte‹!«

»Sehr gut, Sherlock, du triffst den Nagel auf den Kopf. Dieses Ziel hatten wir uns gesetzt. Dank der von Emile Valladon entwickelten Luftpumpe waren wir in der Lage, unsere Konkurrenten auf die Plätze zu verweisen. Es handelt sich um ein hochkompliziertes Filtriersystem, das natürlich einige Versuche notwendig machte . . .«

»Wobei es zumindest eine Panne gab?«

»Du sagst es! Während einer Probefahrt hinaus in die Moraybucht entstand durch Überdruck im Metallrumpf ein Leck. Das eindringende Salzwasser vermischte sich mit der Schwefelsäure aus den Akkumulatoren, und es wurde Chlorgas freigesetzt. Ehe das Boot wieder auftauchen konnte, erstickten Valladon und zwei weitere Besatzungsmitglieder.«

»Und um euer Geheimnis nicht an die große Glocke zu hängen, habt ihr sie heimlich und anonym verscharrt!«

Mycroft nickte.

»Hier«, wandte sich Holmes an mich, »sehen Sie einmal wieder, wozu der *Diogenes Club* so alles fähig ist!«

»Der *Diogenes Club*?« verwunderte ich mich. Doch es sollte noch mehr zu meiner Verblüffung beigetragen werden.

»Es war von grundlegender, entscheidender, ja nationaler Bedeutung und Dringlichkeit, diese Tatsachen vor eurer Klientin geheimzuhalten«, erklärte Mycroft Holmes.

»Dann habt ihr also all diese Geheimniskrämerei veranstaltet, um Madame Valladon daran zu hindern, ihren Gatten ausfindig zu machen?« fragte Holmes, wobei sich seine linke Augenbraue leicht kräuselte.

»Eure Madame Valladon ist nicht Madame Valladon! Ich möchte dich nicht bezichtigen, im vollen Bewußtsein der Tragweite deiner Aktionen gehandelt zu haben – es bleibt jedoch die Tatsache, daß du der Kaiserlich Deutschen Reichsregierung in die Hand gearbeitet hast. Sie war es, die sich für den belgischen Ingenieur interessiert hat – beziehungsweise für seine Erfindung. Es war ihr bekannt, daß er in unseren Diensten stand. Sie war jedoch nicht in der Lage, seinen Aufenthaltsort ausfindig zu machen. Daher wurdest du eingespannt – Englands klügster Kopf, oder *zweitklügster* Kopf, wenn mir meine angeborene Bescheidenheit eine derartige Feststellung nicht verbieten würde. Du, mein werter Bruder, hast dich um die Wilhelmstraße verdient gemacht!«

Sherlock Holmes schien es kurzfristig die Sprache verschlagen zu haben.
»Aber Madame Valladon ...«, warf ich schüchtern und völlig verunsichert ein.
»Zählt nicht mehr zu den Lebenden. Die Deutschen haben sie vor drei Wochen in Brüssel um die Ecke gebracht«, erklärte Mycroft und nahm von einer Kiste neben dem Feldbett ein Silberrähmchen, in dem die Photographie einer jungen Frau steckte.
»*Das hier* ist – oder war – Gabrielle Valladon.«
Es bestand offensichtlich keinerlei Ähnlichkeit zwischen Madame Valladon und *Madame Valladon.*
»Die Frau«, fuhr Mycroft Holmes in seinen Erläuterungen fort, »die mit angeblichem Gedächtnisverlust aus der Themse gefischt und zu mitternächtlicher Stunde zu euch gebracht wurde, heißt in Wirklichkeit Ilse von Hoffmannsthal und gilt als eine der erfolgreichsten deutschen Agentinnen!«
Das Herz verkrampfte sich mir in Mitleid mit meinem armen Freund. Er hatte das Sonnenschirmchen in die Hand genommen und spielte nervös damit herum, wie um abzulenken davon, wie sehr er sich durch diese Eröffnungen getroffen und gedemütigt fühlte.
»Man hat sie dir äußerst geschickt untergejubelt«, fuhr sein Bruder erbarmungslos fort, »damit du sie an ihr Ziel führst – die Luftpumpe! Ein Spielchen, das – wenn du mir diesen Vergleich gestattest – der Suche nach Trüffeln mit Hilfe eines dressierten Schweins nicht unähnlich ist!«
Schon wollte ich vortreten, um ihn zur sofortigen Zurücknahme dieser ungeheuerlichen Anmaßung aufzufordern, und ich war darauf gefaßt, im Gesichtsausdruck meines Freundes den Aufruf zum Duell mit dem Verleumder zu lesen. Doch Holmes ließ lediglich die Schultern hängen und stieß die Schirmspitze in den Boden.
Mycroft Holmes zog seine Uhr.
»Kommen noch mehr Besucher?« fragte ich frostig.
»Eine *Besucherin,* um genau zu sein«, erwiderte er ironisch. »Ihre Anfangsbuchstaben werden Ihnen nicht unbekannt sein.

Mein Bruder hat sie, wenn ich mich rechtens entsinne, mit einer Pistole in die Wand des Wohnzimmers geschossen.«

In der Tat standen die Initialen V. R. auf den Klapptüren der prächtigen Karosse, die kurz darauf in den Schloßhof einfuhr. Wenn auch glücklicherweise nicht in Form von Einschußlöchern. Eine Krone zierte diese Initialen. Zwei Vorreiter kündigten die Ankunft der Karosse an, auf deren Bock ein Kutscher und ein Lakai in vornehmer Livree saßen. Vier Schimmel zogen das Gefährt, dessen Vorhänge zugezogen waren.
Wir warteten – Holmes, sein Bruder und ich – in Gesellschaft mehrerer Herren, die uns als Wissenschaftler vorgestellt worden waren, bis die Karosse dicht vor uns hielt. Mit angehaltenem Atem beobachtete ich, wie der Lakai die Klapptüre der Karosse öffnete, um einer untersetzten Person beim Aussteigen behilflich zu sein.
Ihre Majestät die Königin Victoria, *Victoria Regina*, Wahrerin des Glaubens, Kaiserin von Indien, war nicht einmal einen Meter fünfzig groß, dabei jedoch von geradezu beängstigendem Leibesumfang. Trotzdem strahlte das Persönchen eine ungeheure Würde aus, und die Anmut ihrer Bewegungen ließ rasch vergessen, daß man nicht unbedingt ein atemberaubendes Beispiel weiblicher Schönheit vor Augen hatte. Sie war – wie seit eh und je nach dem Ableben des geliebten Prinzgemahls – völlig in Schwarz gekleidet. Auf dem grauen Haar trug sie ein Witwen-Häubchen. Perlenohrringe waren der einzige Schmuck, den sie trug. Ein schlichter Pelz lag um ihre Schultern.
Ich war zu jener Zeit noch zu jung, um mich genau daran erinnern zu können, wie sie anläßlich ihrer Krönung und Hochzeit gleich einer Fee aus Zuckerguß und Rosenblättern aufgetreten war. Mein Vater jedoch berichtete mir oft davon. Auch von späteren Zeiten, wo sie beispielsweise bei der großen Weltausstellung von 1851 als bezaubernde und glückliche Ehefrau und Mutter die Menschen in ihren Bann gezogen hatte. Nur noch ihre zarte Gesichtsfarbe und die kleine, stolze Römernase erinnerten bei der mittlerweile neunundsechzig Jahre alten Queen, die ihrem Aussehen nach auch gut und gerne für neunundsiebzig

Jahre durchgegangen wäre, an diese längst vergangenen Zeiten. Trotzdem ging von ihrer Erscheinung eine Ausstrahlung aus, die Holmes ungeheuer zu bewegen schien. Und auch ich spürte – ich gestehe es ein – Tränen in meine Augen steigen.
Mycroft Holmes ging ihr entgegen.
»Majestät!« hörte ich ihn flüstern.
Sie reichte ihm ihre Hand, die er respektvoll an seine Lippen führte.
»Darf ich hoffen, daß Sie eine angenehme Reise hatten, Majestät?«
»Sie war lang und ermüdend«, erwiderte die Monarchin. Ich hatte ihre Stimme noch nie vernommen und mir immer vorgestellt, bei ihrer deutschen Abstammung müsse sie wohl jenen fremdländischen Akzent besitzen, der ihrem Sohn, dem Prinzen von Wales, nachgesagt wurde. Dies war jedoch nicht der Fall.
»Wir sind guter Hoffnung, daß dieser Besuch der uns unterzogenen Mühe wert ist, Mr. Holmes.«
»Ich kann Eurer Majestät versichern«, antwortete Mycroft Holmes mit einer devoten Verbeugung, »daß dies der Fall sein wird.«
Mit einem kleinen Hofstaat im Gefolge, bestehend aus einer Kammerzofe und einem Diener in Livree, schritt die Queen nun den roten Läufer entlang.
»Nun, Mr. Holmes. Was ist dies für ein kurioses Schiff, zu dessen Taufe Ihre Einladung an Uns ergangen ist?«
»Wir bezeichnen es als Tauchboot, Majestät«, erläuterte Mycroft. »Es fährt unter Wasser!«
»Höchst eigenartig«, lautete ihr knapper Kommentar.
Sie hatten jetzt die Gruppe von Herren erreicht, in deren Mitte auch Holmes und ich den Ereignissen folgten.
»Majestät, darf ich mir erlauben, einige der Ingenieure und Wissenschaftler vorzustellen, die einen entscheidenden Beitrag im Zusammenhang mit der Konstruktion unseres Tauchbootes geleistet haben«, bat Mycroft Holmes. »Mr. J. W. Ferguson, Marine-Ingenieur . . .«
Der betreffende Herr machte eine Verbeugung.
»Professor Simpson, Experte in Hydraulik . . .«
Wieder eine Verbeugung.

»Mr. W. W. Prescott, Miterfinder des Dreh-Periskops . . .«
Erneute Verbeugung.
»Wir behaupten keineswegs«, unterbrach jetzt die Queen die Parade, »für Ihre Leistungen gleiches Interesse aufbringen zu können, wie Unser verstorbener Gemahl – der Herr habe ihn selig! Seien Sie jedoch versichert, daß Englands Krone stolz auf Sie ist, meine Herren! Allein der Gedanke, daß es dem Menschen letztlich wird möglich sein, hinabzutauchen in die Lebensbereiche der Fische und seine Kenntnisse über Wasserpflanzen und Korallenriffe zu erweitern, ist des Schweißes der Edlen wert.«
Mir fiel auf, daß Mycroft Holmes diese Bemerkungen mit einer schlecht zu verbergenden Verlegenheit quittierte. Die Monarchin war inzwischen ein paar Schritte weitergegangen und vor Sherlock Holmes stehen geblieben.
»Und welches ist Ihr Beitrag zu diesem Unternehmen, junger Mann?« heischte sie zu wissen.
»Ich fürchte, Majestät enttäuschen zu müssen«, antwortete mein Freund mit gebührender Höflichkeit. Und ich überlegte mir bereits krampfhaft, was ich im Falle einer Befragung als Antwort vortragen sollte. Königin Victoria sah Mycroft mit leichtem Befremden an.
»Dies ist mein Bruder, Mr. Sherlock Holmes«, beeilte sich Mycroft, das peinliche Mißverständnis aufzuklären.
»Mr. Sherlock Holmes?« gab sich die Queen gleichermaßen erstaunt wie erfreut. »Wir haben Ihre verschiedenen Unternehmungen stets mit großer Aufmerksamkeit verfolgt. Sind Sie momentan wieder mit einer Ihrer faszinierenden Recherchen befaßt?«
»Man könnte es so formulieren, Majestät!«
»Und wann werden wir damit rechnen können, Dr. Watsons Bericht darüber zu lesen?«
»Ich hoffe – mit Ihrer gütigen Erlaubnis – niemals! Meine augenblicklichen Bemühungen sind leider nicht zu den erfolgreichsten zu rechnen, Majestät.«
In diesem Moment rettete das raubtierhafte Gewimmer von Dudelsäcken meinen armen Freund vor weiterer Bloßstellung.
»Wie ich vernehme, nehmen die Feierlichkeiten ihren Anfang«,

bemerkte die Queen zu Mycroft Holmes. »Nun denn, wo liegt Ihr Unterwasserboot?«
»Im Turmverließ«, erklärte der Bruder meines Freundes.
»Wie sinnig«, kicherte Königin Victoria. Und ich war mehr als erstaunt, sie in ein herzliches Lachen ausbrechen zu hören. Äußerst hurtig für ihre gewichtige Figur schritt sie nun mit Mycroft über den roten Läufer dem Turm zu. Wir anderen hatten Mühe, mit den beiden Schritt zu halten.
Im Inneren des Burgturms gelangten wir über eine eiserne Wendeltreppe in eine große, aus dem Fels herausgehauene Kammer hinab. Unheimlich hallten unsere Schritte in dem Gewölbe. Der Boden war erst in neuerer Zeit zementiert worden und bildete eine Art schiefer, abfallender Ebene, deren unterer Bereich vom Wasser umspült war. Dort befand sich auch ganz offensichtlich ein Zugang zum Loch Ness. Trotz der Düsternis konnte ich draußen das mit Wasserpflanzen getarnte Gerüst erkennen.
Am oberen Teil dieser Rampe lag das Tauchboot. So aus der Nähe und ohne Furcht und Überraschung betrachtet, wirkte es wie eine unstandesgemäße, nicht ganz geglückte Kreuzung zwischen einer Zigarre und einem Kürbis. Der Körper bestand aus Metallplatten, die durch unzählige Nieten zusammengehalten wurden. Bullaugen waren nicht vorhanden. Der Einstieg in das Monstrum war offenbar nur durch eine Klappe zu bewerkstelligen, die auf dem oberen Teil des Bootes geöffnet war. Ein Teil des Rumpfes war auf beiden Seiten ähnlich wie ein Rohr gestaltet. Aus diesen beiden Rohren ragte jeweils ein Gebilde, das – meiner Treu – die Form einer Granate hatte! Vergeblich versuchte ich mich an der Lösung der Frage, was in aller Welt Granaten mit der Erforschung von Fischen, Meerespflanzen und Korallen zu tun haben konnten.
Auf einer jener Metallplatten, aus denen der gesamte Rumpf bestand, war der Name H. M. S. JONAS zu lesen. An einer Schnur vom Bug herab baumelte just an dieser Stelle unsere gute, alte Champagner-Flasche.
Oben, also *auf Deck* wohl, turnten vier Liliputaner in Marineuniformen herum. Es handelte sich ganz ohne Zweifel um jene vier kleinen Männer, die wir in Glennahurich beobachtet hatten.

Um die Überlebenden der Mannschaft also! An einer langen Kette richteten sie den *Hals des Schiffsungeheuers* langsam auf. Während wir die Treppe hinabstiegen, erklang das Kommando *Stillgestanden*!, und mit zusammengeschlagenen Absätzen baute eine andere Gruppe von Matrosen Männchen, um *Victoria Regina* mit militärischer Ehrerbietung zu empfangen.
Mit großer Geste deutete Mycroft Holmes auf das Schiff.
»Ihrer Majestät Schiff *JONAS*!«
»Und welchem Zweck soll jener ekelerregende Wasserspeier dienen?« fragte die Queen, interessiert den Kopf des Ungeheuers betrachtend. »Welche Rolle spielt diese monströse Vorrichtung bei einem feierlichen Akt Unserer Royal Navy?«
»Nur eine Attrappe, Majestät«, versuchte Mycroft, sie mit gewinnendem Lächeln zu beschwichtigen.
»Um Haie abzuschrecken?«
»In der Art, Majestät«, lächelte Mycroft und gab dann den Liliputanern ein Zeichen. »Der Mannschaft wird es nun zur Ehre gereichen, Eurer Majestät die Funktionen des Tauchboots zu demonstrieren.«
»Sind die Herren nicht etwas klein für Matrosen?« meinte die Monarchin, während die Liliputaner durch die Luke in das Innere des Fahrzeugs kletterten.
»Gewiß, Majestät! Wegen des jedoch nur beschränkt verfügbaren Innenraums hat die Königliche Marine hier eine Ausnahme gestattet.«
»Dies sollte zu allgemeiner Gepflogenheit werden«, erklärte die Queen. »Es ist außerordentlich ermüdend, wenn Wir uns dauernd auf die Zehenspitzen stellen müssen, um Orden und Ehrenzeichen an Seemannsbrüste zu heften!«
Einen Augenblick lang war ich unschlüssig, ob über diesen Witz aus königlichem Munde gelacht werden durfte. Dann aber sah ich, daß die Herren in meiner Umgebung mit dezentem Lächeln reagierten – und so tat ich es ihnen nach.
Einer Geste Mycrofts entnahm ich nun, daß er Englands Königin aufforderte, höchstpersönlich in das Schiff zu steigen. Nach kurzem, geziertem Zögern ging sie auch darauf ein. Holmes und ich folgten ebenfalls Mycrofts Einladung.

Keiner von uns hatte es leicht, sich durch die enge Röhre in *JONAS' Magen* zu zwängen. Unter uns spürten wir bereits das Vibrieren irgendwelcher Maschinen. Und uns erwartete ein heilloses Durcheinander stampfender, dröhnender, zischender Geräte. Eisenstangen fuhren rauf und runter in Flaschen voll Schwefelsäure, Achswellen drehten sich, Räder kreisten, Blasebälge verrichteten schnaufend undurchschaubare Aufgaben. Die Liliputaner wieselten flink und eifrig hin und her – sie schmierten, prüften, klopften und machten den Eindruck verantwortungsbewußter Routine. Sie verstellten unablässig Schrauben, drehten an Schwungrädern, betätigten irgendwelche geheimnisvollen Hebel und führten schließlich auch das Periskop vor. Und über uns zwitscherten meine lieben Kanarienvögelchen munter und – leider – völlig ahnungslos in ihrem Käfig.
Durch all dieses Getöse, Gesummse und Gequietsche hindurch konnte ich vage Mycrofts Stimme vernehmen, der Queen Victoria die Details erklärte:
»Dies hier sind die Akkumulatorenbatterien. Die Motoren ermöglichen es unserem Tauchboot, unter Wasser eine Geschwindigkeit von zwei Knoten zu erreichen. Dort drüben unsere Ballasttanks, mit deren Hilfe wir tauchen und wieder aufsteigen können. Hier die Luftpumpe – sie filtert und säubert die Atemluft durch Umwälzung. Und da das Periskop zur Beobachtung der Wasseroberfläche ...«
»Ja, ja, schon gut«, meinte Victoria Regina, während sie mit spähenden Blicken immer und immer wieder den Fußboden im Tauchboot inspizierte.
»Majestät suchen?« erkundigte sich nun auch Mycroft etwas verwirrt und hilflos.
»Ja, wo ist der gläserne, durchsichtige Boden?«
»Ich fürchte, nicht zu verstehen.«
»Der gläserne Fußboden, damit man die Fische beobachten kann!«
»Nun, Majestät, dies ist eigentlich nicht der treibende Gedanke bei der Konstruktion dieses Tauchbootes gewesen«, bemerkte Holmes leicht verunsichert und perplex.
»Wie dürfen Wir dies verstehen?«

»Es ist so zu verstehen, daß die Beobachtung von Fischen nicht die Motivation gewesen ist, dieses Tauchboot zu konstruieren.«

»Und *welche* Motive stehen dann dahinter?«

»Wir sind im Begriff, Majestät, *H. M. S. JONAS* als Kriegsschiff umzufunktionieren!«

»Als Kriegsschiff?« keuchte die Queen. »Sofort die Maschinen stoppen. Ruhe!«

Auf eine Handbewegung Mycrofts setzte eine fieberhafte Tätigkeit ein, an deren Ende schließlich absolute Stille in unseren Ohren dröhnte.

»Sie sind Uns umgehend eine Erklärung schuldig«, blitzte die Monarchin den völlig verdatterten Mycroft Holmes an. »Dürfen Wir bitten?«

»Die Admiralität betrachtet dieses Schiff als absolut epochale Entwicklung auf dem Sektor der Kriegsmarine«, erklärte Mycroft respektvoll, wenn auch völlig unerschrocken. »Es ist in der Lage, feindliche Schiffe zu entdecken und zu vernichten, wobei es selbst völlig unsichtbar bleibt.«

»Sie wollen damit doch nicht etwa sagen, daß es andere Schiffe unter Beschuß nimmt, während es selbst unter Wasser getaucht ist?«

»Dies in der Tat ist das Epochale an unserer Erfindung, Majestät«, entgegnete Mycroft Holmes. »Es werden Ihrer Aufmerksamkeit mit Sicherheit nicht jene Rohre dort verborgen geblieben sein, in welchen eine granatenähnliche Munition steckt. Es handelt sich dabei um sogenannte Torpedos, die mittels dieses Hebels hier abgefeuert werden. Diese Torpedos haben sich auf Distanzen bis zu vierzig Metern als ziel- und treffsicher erwiesen.«

»Wenn Wir Ihre Ausführungen richtig verstanden haben, wird dieses Schiff also unter Wasser seinen Gegner unter Beschuß nehmen. Ohne Warnung?«

»So ist es, Majestät.«

»Und sicherlich auch ohne Hissen Unserer Flagge?«

»Auch dies trifft zu, Majestät.«

»Mr. Holmes, Wir sind alles andere als begeistert«, wetterte die Queen plötzlich, und Mycroft schien vor Scham in den Boden versinken zu wollen.

»Ich bitte untertänigst . . .«, versuchte er um Worte und um eine Antwort zu ringen.
»Dies ist weder sportlich noch englisch«, fuhr die Queen ihm über den Mund. »Wir müssen dies als höchstgradig geschmacklos bezeichnen! Wir lehnen solch ein unfaires Kriegsschiff ab!«
»Aber, Majestät . . .!«
»Zuweilen – und dies ist eine derartige Gelegenheit – sind Wir geneigt, an der Welt, den Menschen und den Zeitläuften zu verzweifeln! Was werden sich Ihre famosen Herren Wissenschaftler nur als nächstes einfallen lassen? Wir jedenfalls sind äußerst ungehalten!«
Um mich herum herrschte betretene Verlegenheit. Ich nahm stramme Haltung an und bemühte mich, den berechtigten Eindruck zu erwecken, nicht betroffen zu sein.
»Majestät«, ließ sich nun wieder der Bruder meines Freundes vernehmen, der offenbar leidlich seine Fassung wiedergewonnen hatte, »gerade Menschen, Welt und unsere Zeitläufte stehen im Augenblick auf dem Spiel. In Deutschland befaßt sich Graf Zeppelin mit dem Bau eines Luftschiffes, das . . .«
»Dürfen Wir erfahren«, unterbrach ihn die Queen, »was ein Schiff in der Luft zu suchen hat?«
»Feindliche Ziele, Majestät. Es wird sich um eine Art von starrem Ballon handeln, der in der Lage sein könnte, London zu überfliegen und eine Bombe auf den *Buckingham Palace* zu werfen«, erläuterte Mycroft. »Dieses Luftschiff wird im ausdrücklichen Auftrag des Kaisers gebaut!«
»Unser Enkel Willy soll dazu imstande sein? Höchst lächerlich! Wir neigen nicht dazu, dieser Unterstellung Glauben zu schenken.«
»Es liegen schlüssige Beweise vor, Majestät. Unser Agent in Friedrichshafen, Mr. Ibbetson, ist an das Luftschiff herangekommen und hat präzise Zeichnungen davon angefertigt. Bedauerlicherweise wurde er beim Überschreiten der Grenze erkannt und verhaftet.«
»Wie dem auch sei«, erklärte die Queen. »Wir wollen von dieser niederträchtigen, widerwärtigen Erfindung nichts wissen! Schaffen Sie es Uns aus den Augen, dieses im höchsten Grade

ehrenrührige Schiff! Setzen Sie es – so heißt das doch in der Marine-Sprache – auf Grund! Und zwar schnellstens! Dies ist ein Befehl!«

»Gestatten Majestät den Hinweis ...«, versuchte Mycroft mit dicken Schweißperlen auf der Stirne zu retten, was noch zu retten war.

»Wir gestatten nichts, Mr. Holmes! Und machen Sie sich keine Sorgen wegen eines Luftschiffs, das Unseren *Buckingham Palace* beschießen könnte. Wir werden diesbezüglich dem Kaiser unser Befremden ausdrücken – in einer äußerst scharf gehaltenen Note, dessen dürfen Wir Sie versichern. Und nun wünschen Wir, unverzüglich nach *Balmoral* zurückzufahren!«

Im Gefolge der äußerst erzürnten Queen stiegen wir die Wendeltreppe wieder hinauf. Dabei bildeten Holmes, sein Bruder und ich die Nachhut.

»Well, Mycroft«, bemerkte Holmes, »mir will scheinen, daß diesmal beide Brüder Holmes über eine Frau gestolpert sind. Ein Jammer! Eine Schande! Diese technische Leistung! Und die damit in Zusammenhang stehende Leistung unserer Spionage! Und das alles für nichts und wieder nichts!«

Mycroft blieb einen Moment stehen. Er sah hinunter auf den stählernen Leib des Tauchbootes, dessen Besatzung völlig unschlüssig herumstand.

»Für nichts und wieder nichts?« brummte er nachdenklich vor sich hin. »Dies eigentlich würde ich nicht behaupten. Wenn die Deutschen nun tatsächlich so scharf hinter dem Boot her sind, wie der Teufel hinter der armen Seele ...«

»Was dann?«

»Darf ich dich um einen Gefallen bitten, Sherlock?«

»Mit dem größten Vernügen, Mycroft!«

»Da deine Beziehungen zu Fräulein von Hoffmannsthal bereits einen derartigen Grad der Intimität erreicht haben ...«

»Worauf willst du hinaus?« unterbrach ihn Holmes – und in seinem Blick stand zu lesen, daß er auf der Hut war.

»Später«, meinte Mycroft kurz. »Zunächst müssen wir Majestät verabschieden. Dann werde ich dir meinen Plan erläutern.«

Wir eilten den anderen nach in die kalte Nachtluft hinaus, wo das Miauen der Dudelsäcke ungewollt einen ironischen Kommentar zu jenem Fiasko bildete, dessen Zeugen wir gewesen waren.

Und dann bestieg *Victoria Regina*, Ihre Majestät die Königin von England, Kaiserin von Indien, Wahrerin des Glaubens und des englischen Sportsgeistes, ihre Karosse und begab sich auf den Heimweg, ohne die Zurückbleibenden auch nur eines einzigen Blickes zu würdigen.

ZWÖLFTES KAPITEL

Ilse von Hoffmannsthal

Nach der etwas frostigen Verabschiedung zogen sich Holmes und sein Bruder Mycroft in eine Ecke zurück, wo sie zu meinem außerordentlichen Bedauern außerhalb meiner Hörweite über eine volle Viertelstunde lang ernst und lebhaft diskutierten. Schließlich schienen sie eine Übereinkunft erzielt zu haben, die sie mit einem kräftigen Händeschütteln besiegelten. Dann kehrten sie zu mir zurück, der ich mit gemischten Gefühlen an den mir entgangenen Schlaf und als Ausgleich dafür an die Genüsse einer reichlich gedeckten Frühstückstafel dachte.

Wir nahmen voneinander Abschied, wobei ich von Mycroft noch die Erlaubnis erhielt, mein Stethoskop wieder an mich zu nehmen.

Während ich das Gerät wieder in meinen Hut einrollte, hob Holmes das Sonnenschirmchen auf.

»Eines steht fest, daß wir nichts dagegen haben sollten, daß sie ihren Sonnenschirm zurückerhält.«

»Holmes«, warf ich ein, »wenn es stimmt, was Ihr Bruder ...«

»Es stimmt«, unterbrach mich mein Freund mit Nachdruck. »Wenn Mycroft über eine Angelegenheit nicht bis ins letzte Detail und mit absoluter Bestimmtheit informiert ist, spricht er nicht darüber.«

»Well, und was soll nun mit ihr geschehen? Und was wird aus dem Tauchboot?«

Seine Reaktion auf meine Frage war typisch – und sollte mich wohl wieder einmal zur Weißglut ärgern.

»Mein lieber Watson, wenn meine Sinne mich nicht täuschen, dann sind die Lichtstreifen dort im Osten Auroras Morgengrüße. Ich gehe sicherlich nicht fehl in der Annahme, daß der erregende Kontakt mit Ihrer Königlichen Majestät Sie reichlich entschädigt hat für versäumten Nachtschlaf. Doch befinde ich mich wohl nicht im Irrtum mit meiner Annahme, daß Sie nunmehr gedenken, die nicht zu leugnende Müdigkeit reichlich mit dem zu kompensieren, was Küche und Keller unseres Hotels zu bieten haben. Ich darf daher vorschlagen, unverzüglich diesem und unserem Frühstück zuzustreben!«

»Hören Sie, Holmes, also hören Sie . . .«

»Auch von den dortigen Fenstern genießt man eine vortreffliche Aussicht auf den Loch Ness. Und mein Fernrohr liegt auf dem Toilettentischchen. Gehen wir!«

Unser alter Bekannter im Schottenrock kutschierte uns ins *Caledonian Hotel* zurück. Während der ganzen Fahrt hatte Holmes kein Wort gesprochen und lediglich in Gedanken versunken mit dem Sonnenschirmchen gespielt. Und als wir just bei Sonnenaufgang unsere Herberge erreicht hatten, war ich bezüglich seiner Pläne um keinen Deut klüger geworden.

Während unser Kutscher sich auf den Weg zurück zum Schloß machte, blickte Holmes nachdenklich zu den Fenstern hinauf, hinter denen die Gemächer von *Mr. und Mrs. Ashdown* lagen. Auch jetzt war kein Wort aus ihm herauszubekommen.

Schließlich gingen wir durch das noch völlig leere und verschlafen wirkende Hotel zu seinem Zimmer hinauf. Mit zufriedenem Brummen kommentierte mein schweigsamer Freund die Tatsache, daß die Türe von außen immer noch verschlossen war. Die Vorhänge waren nicht zugezogen, und durch die Fenster fiel genügend Licht herein, um uns eine junge Frau zu zeigen, die als Madame Valladon in unser Leben getreten war und jetzt in einem rosa Negligé mit Marabu-Federn auf dem Bett ausgestreckt lag. Ihr Anblick war eher der eines unschuldigen Kindes als der einer Spionin im Dienste des Deutschen Kaisers. In meinem Inneren kämpften meine Empfindungen der Zuneigung zu ihr als Frau und die Verachtung für eine Feindin unseres Vaterlandes miteinander. Und das Ergebnis dieser widerstreitenden Gefühle waren Schwermut, Widerwille, tiefe Niedergeschlagenheit und der Wunsch, endlich zurückkehren zu können in den trauten Frieden der Baker Street.

Holmes betrachtete sie einen Moment lang. Dann aber schritt

er hinaus auf den kleinen Balkon, wo sofort etwas seine Aufmerksamkeit zu fesseln schien. Ich folgte ihm hinaus – doch Holmes schob mich rasch zurück, damit ich nicht gesehen werden konnte. Trotzdem entging mir nicht, daß unten am Seeufer meine sieben Trappisten-Mönche standen, deren dunkle Silhouetten sich unheimlich gegen das in der Morgensonne glitzernde Wasser abhoben. Sie schienen angestrengt das Hotel zu beobachten.

Jetzt nahm Holmes das Sonnenschirmchen und schwang es hin und her, wobei er mit der Spitze an einen metallenen Lampenschirm stieß. Das scheppernde Geräusch weckte unsere Begleiterin auf, die sich sofort aus dem Bett schwang und den Schlaf aus den hübschen Augen rieb. Sie lächelte uns an – jedoch nicht sehr lange, da sie in unseren Gesichtern einen Ausdruck las, der ihre Fröhlichkeit vertrieb.

»Es täte mir leid, wenn ich Sie erschreckt haben sollte«, sprach Holmes sie förmlich an. »Da Sie aber jetzt einmal wach sind, wäre ich Ihnen außerordentlich verbunden, wenn Sie mir das Wort *Castle* in die deutsche Sprache übersetzen würden. Es heißt doch *Schloß*, nicht wahr?«

»Ich glaube, ja«, antwortete sie vorsichtig, und in ihren Augen registrierte ich plötzlich ein wachsames Lauern.

»Oh, danke sehr! Und wie würde man in der deutschen Sprache *under the castle* ausdrücken? *Unter die Schloß?* Oder besser *unter das Schloß*?«

»Ich weiß es leider nicht, Mr. Holmes. Meine Deutschkenntnisse sind sehr gering.«

»So?« brummte Holmes nachdenklich. »Sehr bedauerlich! Ihre Freunde, die Herren Trappisten, stehen sich da unten nämlich die Beine in den Bauch und klappern mit den Zähnen. Sie warten auf Ihre Nachrichten – und die Morgenluft ist empfindlich kühl. Wir sollten sie nicht länger auf die Folter spannen – Fräulein von Hoffmannsthal!«

Einen Augenblick lang sah sie uns mit ausdruckslosem Gesicht an. Ihr Gehirn arbeitete offenbar fieberhaft an einer Entscheidung, wie diese Situation zu meistern sei.

»*Unter dem Schloß*«, erklärte sie schließlich.

»Ich habe zu danken«, lächelte Holmes und hielt das Sonnenschirmchen in die Luft. »Hier also haben wir Ihren wertvollen Apparat zur Nachrichtenübermittlung. Noch etwas feucht nach seinem Bad im See. Doch wollen wir hoffen, daß sein Mechanismus noch arbeitet.«
Mit diesen Worten überreichte er ihr den Sonnenschirm.
»Würde es Ihnen etwas ausmachen, Ihren Freunden persönlich mitzuteilen, wo das Tauchboot zu finden ist?«
Sie rührte sich nicht.
»Well, dann werde ich dies wohl selber erledigen müssen. Ich will hoffen, daß mir zu diesem Zweck die Morsezeichen noch in befriedigendem Maße im Gedächtnis verblieben sind.«
Holmes trat ans Fenster und hielt das Schirmchen so hinaus, daß er selber nicht gesehen wurde. Und dann öffnete und schloß er es in jener Weise, wie ich es bei unserer Begleiterin häufig beobachtet und als Ausdruck fahriger Nervosität gewertet hatte. Während Madame Valladon alias Ilse von Hoffmannsthal mit bewundernswerter Ruhe den Vorgängen folgte, lugte ich vorsichtig durch einen Vorhangspalt hinaus und konnte feststellen, wie die Mönche sich eilig auf den Weg zum Schloß Urquhart Castle machten.
»Und nun zu uns«, wandte sich Holmes dann zufrieden an unsere Gefährtin. »Ihren Anteil an der Mission dürfen Sie ab sofort als erledigt betrachten. Den Rest werden jetzt die sieben geistlichen Herren erledigen.«
»Sie haben diese Kerle ins Schloß geschickt?« verwunderte ich mich. »Sie werden . . .«
». . . in eine Falle laufen«, vollendete Ilse von Hoffmannsthal furchtsam und etwas niedergeschlagen einen Gedanken, den *ich* gar nicht gehabt hatte.
»In der Tat«, ergänzte mein Freund. »Und sie werden erstaunlicherweise auf äußerst geringen Widerstand stoßen. Einzig ein Fläschchen Chloroform wird genügen, um die Wachmannschaft auszuschalten.«
Sie starrte ihn fassungslos an.
»Soll das heißen, daß Sie ihnen die Luftpumpe in die Hände spielen?«

»Mehr noch als das! Sie dürfen sogar das ganze Tauchboot mitnehmen. Die Maschinen werden laufen, und alles wird seeklar und startbereit sein bei ihrem Eintreffen. Ich gehe sicherlich recht in der Annahme, daß es sich um ausgebildete Seeleute handelt. Und ich bin darüber informiert, daß vor der schottischen Küste ein deutsches Schlachtschiff auf der Lauer liegt, um ein Treffen mit den *Heiligen Brüdern von der strengeren Observanz* zu arrangieren.«

Dann wandte er sich an mich.

»Und nun, John – oder wohl besser mein lieber Watson, da Mr. und Mrs. Ashdown sich nunmehr zur Scheidung entschlossen und auf weitere Inanspruchnahme eines Kammerdieners verzichtet haben – also mein lieber Freund Watson, ich würde vorschlagen, daß Sie geschwind Ihre Sachen packen und sich hier mit mir in etwa einer Stunde wieder treffen!«

»Verdammt und zugenäht, Holmes«, polterte ich nun los, »diesmal so nicht mit mir! Was wird hier gespielt? Als englischer Untertan, dem die Sicherheit seines Heimatlandes eine Herzensangelegenheit ist, *verlange* ich eine Aufklärung!«

»Mein lieber Watson«, antwortete Holmes und legte mir dabei die Hand auf die Schulter, »Sie sollen keine Fehlbitte getan haben. In einer Stunde erhalten Sie alle Antworten – keine Sorge. In der Zwischenzeit würde ich Fräulein von Hoffmannsthal empfehlen, ebenfalls die Koffer zu packen. Mein verehrter Herr Bruder wird bald hier erscheinen, um Sie in Gewahrsam zu nehmen.«

»Ihr Bruder?«

»Sehr wohl. Sie wurden einander zwar noch nicht vorgestellt, er ist jedoch bestens über Sie informiert als Mitglied des *Diogenes Clubs*, über den Ihre Hintermänner Sie sicherlich informiert haben.«

»Ihr Geheimdienst?«

»Nun, der Kopf unseres Geheimdienstes, um es präzise zu formulieren.«

Resigniert nahm sie ihre Reisetasche aus dem Schrank und begann, ihre Sachen zu packen.

»Und Sie?« sprach sie dabei meinen Freund von der Seite an.

»Ich habe Sie doch auch keinen Augenblick lang täuschen können, oder? Sie durchschauten mich doch sofort, oder?«
Dann sah sie mich an.
»Und Sie doch sicherlich auch, Dr. Watson?«
»Aber nicht doch . . .«, beeilte ich mich zu versichern. Doch Holmes fiel mir äußerst schroff ins Wort:
»Mein Freund durchschaute Sie nicht so schnell, wie Sie denken.«
Mit einem Haufen Kleidern im Arm blieb sie jetzt vor Sherlock Holmes stehen.
»Eigentlich seltsam. Sie müssen nämlich wissen, daß ich mich selbst für diese Aufgabe beworben habe. Ursprünglich sollte ich in Japan eingesetzt werden. Als jedoch Ihr Name fiel, da reizte es mich ungeheuerlich, mich mit Ihrem Genie zu messen. Es tut mir ehrlich leid, Ihnen die Aufgabe nicht schwerer gemacht zu haben.«
»Solche Schlappen können wir alle erleiden«, tröstete sie Holmes mit väterlicher Freundlichkeit, »wenn es auch Dr. Watson in sträflicher Weise verabsäumt, über meine Fehlschläge zu berichten.«
Und dann machte er mir unmißverständlich ein Zeichen, mich nunmehr auch unverzüglich an das Packen meiner Koffer zu machen. Und da ich im Moment keinerlei Hoffnung hatte, von ihm Aufklärung über die kommenden Ereignisse zu erhalten, leistete ich seiner Aufforderung Folge.

Nach einer knappen Stunde gesellte ich mich wieder zu ihnen. Grell schien die Sonne ins Zimmer, in dessen Mitte Ilse von Hoffmannsthals gepackte Tasche stand, das Sonnenschirmchen daran gelehnt.
Holmes befand sich auf dem Balkon, sein Fernrohr auf das Wasser des Loch Ness gerichtet.
»Holmes«, flüsterte ich ihm zu, damit Gabrielle alias Ilse uns nicht hörte, die im Zimmer vor dem Spiegel mit seltsamem Lächeln ihr Haar ordnete. »Holmes, was ist mit der offenen Türe? Wird sie nicht fliehen?«
»Dies möchte ich nicht annehmen!«

»Und was suchen Sie mit dem Fernrohr auf dem See?«

»Das dort!« erklärte er und überreichte mir das Fernrohr. Unschwer erkannte ich in der mir gewiesenen Richtung den Turm von Schloß Urquhart Castle, dessen Gerüst sich wieder einmal in den Himmel hob.

»Was in Teufels Namen hat dies zu bedeuten, Holmes? Haben die als Mönche verkleideten Deutschen etwa das Tauchboot in ihrer Gewalt?«

»Sie sagen es! Die Herren nehmen gerade Kurs aufs offene Meer!«

»Mit *unserem* Tauchboot? Mit *unserer* Luftpumpe? Holmes, ich bin entrüstet!!!«

»Rüsten Sie sich wieder auf, mein lieber Watson, und beobachten Sie weiter!«

Zögernd hob ich das Fernrohr wieder an mein Auge. Auch unsere Gefangene gesellte sich nun zu uns. Das Tauchboot glitt aus seinem Verließ hinaus auf den See. Und dann . . . dann ertönte plötzlich eine ohrenbetäubende Explosion! Wassermassen wirbelten auf, zischten wie Fontänen zum Himmel, klatschten auf den See zurück. Ein brodelnder Strudel entstand dort, wo das Tauchboot Sekunden vorher noch unter der Wasseroberfläche des Loch Ness gefahren war.

Ich vernahm den Aufschrei der Frau neben mir, konnte jedoch meinen Blick nicht von dem grausen Schauspiel wenden. Nur langsam beruhigte sich das aufgewühlte Wasser wieder. Dann schwammen nur noch einige Gegenstände auf dem See herum. Ich senkte das Fernrohr und sah Holmes an.

»Zweifellos schwimmen dort jetzt die Überreste einer Champagner-Flasche«, sinnierte mein Freund. »Vielleicht auch eine Bibel? Ein seltsames Stilleben als Abschluß einer seltsamen Angelegenheit.«

»Wann endlich machen Sie Schluß mit Ihrer Geheimniskrämerei«, begehrte ich auf. »Legen Sie endlich die Karten auf den Tisch!«

»Dies war das Ende von Ihrer Majestät Schiff *JONAS*. Es steht zu vermuten, daß sich eine Bombe mit einer Art von Zeitzünder an Bord befunden hat. Unsere Trappisten werden sich auf dem

Wege zur Ewigkeit augenblicklich wohl auf dem Grunde des Sees aufhalten!«
In diesem Moment klopfte es an die Türe.
Mit munterem Lächeln trat Mycroft Holmes ein. Er rieb sich die Hände.
»Haben Sie's gesehen? Sherlock, einfach großartig; bist du nicht auch meiner Ansicht? Ah – Fräulein von Hoffmannsthal!«
»Mr. Mycroft Holmes, wenn ich nicht irre? Ich stehe zu Ihrer Verfügung!«
»Wenn mir etwas bei den Preußen Bewunderung abnötigt, dann ist es ihre Pünktlichkeit«, lächelte Mycroft.
»Wenn mir etwas bei den Engländern keine Bewunderung abnötigt, dann ist es ihr Klima«, entgegnete unsere Gefangene süffisant. »Ich hörte, daß Ihre Gefängnisse außerordentlich feucht seien.«
»Dies ist nicht zu leugnen«, antwortete Mycroft. »Sie werden jedoch mit ihnen keine Bekanntschaft schließen. Sie kehren nach Deutschland zurück. Im Austausch für unseren Agenten Mr. Ibbetson.«
Die Augen der jungen Frau begannen wieder zu leuchten.
»Ich danke Ihnen!«
»Nicht mir, meinem Bruder müssen Sie für diesen Einfall danken. Ich persönlich erachte es angesichts Ihrer Intelligenz immer noch für ein außerordentlich schlechtes Geschäft.«
Dann rief Mycroft einen Herrn ins Zimmer, der Ilse von Hoffmannsthals Reisetasche in die Hand nahm, und zu dritt verließen sie uns.
»Holmes«, bat ich nunmehr, »dürfte ich jetzt die Einzelheiten erfahren?«
»Was bleibt schon noch zu sagen«, entgegnete er. »Sie haben doch alles persönlich miterlebt.«
»Nun ja«, hüstelte ich verlegen, »immerhin muß ich als Verfasser Ihrer Biographie ...«
»Nichts da! Ich glaube nicht, daß es ihr recht wäre, wenn diese Geschichte in einem Massenblättchen breitgetreten würde.«
»Aber die Öffentlichkeit hat ein Anrecht darauf, die Wahrheit

zu erfahren! Die Gefühle einer deutschen Spionin sollten uns nicht hindern, im Interesse der Wahrheitsfindung ...«

»Ich meine nicht Ilse von Hoffmannsthal«, unterbrach mich Holmes, »sondern die Königin von England.«

»Ach so!«

Ich folgte ihm hinaus auf den Balkon. Eine Kutsche fuhr unten gerade ab, in der wir Ilse von Hoffmannsthal sahen. Sie hielt ihr Schirmchen in der Hand und öffnete und schloß es wieder einmal rasch hintereinander.

»Holmes«, drängte ich ihn, »wenn ich Ihnen verspreche, diese Geschichte nicht zu unseren Lebzeiten zur Veröffentlichung freizugeben ...«

»Still!« fuhr er mich an. »Ich bemühe mich gerade, ihre letzte Nachricht zu entschlüsseln.«

»Was sagt sie?«

»Auf Wiedersehen!«

»Auf Wiedersehen?« lachte ich, während Kutsche samt Ilse von Hoffmannsthal und Sonnenschirmchen im nahen Wald verschwand.

»Diese Frau hat Nerven!«

Holmes blieb regungslos stehen. Seine Gedanken schienen sehr weit fort zu sein ...

EPILOG

Der Winter war in jenem Jahr rasch hereingebrochen. Die Bäume im Regent's Park hatten praktisch über Nacht ihr feuerrotes Blätterkleid abgeworfen und standen nun nackt und abgestorben im beißenden Wind. Die Baker Street lag unter einer dichten Schneedecke, die das Klappern der Pferdehufe, das Knirschen der Wagenräder und die Schritte eiliger Fußgänger verschluckte. Seit unserem Abenteuer am Loch Ness war bereits mehr als ein halbes Jahr vergangen. In der gemütlichen Umgebung der Baker Street harrten wir neuer Aufgaben und gaben uns ansonsten unseren gewohnten Tagesabläufen hin.

So auch dem Frühstück, bei welchem Mrs. Hudson immer eine reichliche Auswahl an Köstlichkeiten auftischte und uns Zeitungen und Post der ersten und zweiten Zustellung überreichte. Eines Morgens nun erreichte uns ein Schreiben des *Diogenes Clubs*.

»Vielleicht hat Mycroft Sie als neues Mitglied vorgeschlagen«, scherzte ich.

»Wenn er etwas vorgeschlagen hat«, brummte Holmes, »dann höchstens, daß ich niemals als Mitglied dort akzeptiert werde. Selbst wenn mein Wunsch danach stünde«, fügte er hinzu und öffnete den Umschlag.

Ich beobachtete ihn, wie er mit flinken Augen das Blatt überflog, begierig dem Kern der Nachricht entgegeneilend. Doch plötzlich stand er unvermittelt auf, ließ den Brief kommentarlos auf dem Tisch liegen und ging zum Fenster, um schweigend hinaus in das trostlose Schneetreiben zu blicken.

Ich nahm den Brief auf und las:

»The Diogenes Club

Pall Mall
London W

9. Dezember

Lieber Sherlock,

wie mich zuverlässige Informanten in Tokio soeben unterrichten, ist Ilse von Hoffmannsthal von der Spionageabwehr des Japanischen Kaiserreichs wegen ihres Interesses für die Werften der Kriegsmarine im Hafen von Yokohama verhaftet worden. Im Anschluß an eine Gerichtsverhandlung unter Ausschluß der Öffentlichkeit wurde sie standrechtlich erschossen.
In Japan arbeitete sie unter dem Decknamen ›Mrs. Ashdown‹!

Dein
Mycroft«

Ich sah zu Holmes, der immer noch schweigend auf die Straße starrte. Dann trat ich leise zu ihm.
»Es tut mir leid. Entsetzlich leid, Holmes. Ich weiß um Ihre Gefühle.«
Er sprach noch immer kein Wort. Sein Blick war auf die Baker Street gerichtet, wo jetzt eine Droschke vor unserem Haus hielt. Als es unmittelbar darauf bei uns läutete, ging er rasch in sein Schlafzimmer und schloß die Türe hinter sich ab.
»Herein«, rief ich, als es nunmehr klopfte.
»Guten Morgen, Dr. Watson«, begrüßte mich Inspektor Lestrade lächelnd. »War gerade in der Gegend und dachte mir, sollte vielleicht mal bei Ihnen reinschauen.«
»Und was liegt an?«
»Nun ja, wenn Sie so direkt sind – es gibt da drei ekelhafte Frauenmorde in Whitechapel. Widerliche Angelegenheit! Im Yard haben wir uns überlegt, ob Mr. Holmes vielleicht ...
»Bedauere außerordentlich«, unterbrach ich ihn, »aber Mr. Holmes befaßt sich augenblicklich mit einem ganz anderen Fall.«
»Zu schade! Es wäre sicherlich eine für ihn nicht uninteressante Sache gewesen. Nun – ich bin so vermessen zu hoffen, daß wir

den Killer auch ohne die Hilfe von Mr. Sherlock Holmes dingfest machen können.«
Mit diesen Worten verabschiedete er sich.
Ich schloß die Türe hinter ihm und blieb dann wie angewurzelt stehen. Aus Holmes' Zimmer drang wehmütiges Geigenspiel an mein Ohr – Tschaikowsky!
Ergriffen zog ich meinen Sessel zum behaglichen Kaminfeuer hinüber und begann mit der Niederschrift des vorliegenden Berichts.